L'ENFANT ET LA FORÊT

L'auteur

Jean-Côme Noguès est né à Castelnaudary en 1934.
Enseignant puis principal adjoint dans un lycée parisien,
il est aujourd'hui à la retraite et profite
de son temps libre pour écrire.
Il rencontre ses jeunes lecteurs
dans les écoles et les bibliothèques.

Du même auteur, dans la même collection :

Le faucon déniché
L'homme qui a séduit le Soleil
Victor Hugo, la révolte d'un géant

Jean-Côme NOGUÈS

L'enfant et la forêt

Illustrations de Julien Delval

POCKET JEUNESSE
PKJ·

Loi n° 49-956 du 16 juillet 1949 sur les publications
destinées à la jeunesse : mars 2011.

ISBN 978-2-266-21164-2

Terres occitanes, vers 1200.

1

Bois mort

Brichot se redressa et regarda le ciel. Depuis qu'on avait sonné matines au monastère pour appeler les moines à l'office d'avant le lever du jour, il était courbé sur sa houe, à ouvrir deux ou trois sillons pour y semer des pois à la bordure du seigle. Il avait encore un peu de temps avant de retourner en forêt, jusqu'au moment où il entendrait la cloche de sexte, à la mi-journée. Le lopin n'était pas grand, mais le sol avait durci aux dernières gelées et la tâche était rude.

Serf du baron de Soupex, l'homme n'espérait en ce bas monde que la pluie sur son champ, du vent dans les bois qui ferait tomber les branches mortes, et la paillasse du soir pour endormir la fatigue de ses reins douloureux.

Un fossé entourait le terrain pentu. Combien de fois Brichot l'avait-il franchi d'une enjambée, pressé de reprendre sa besogne ? Pourtant, il calcula mal son élan, harassé déjà alors qu'une journée de labeur commençait à peine. En tombant dans la tranchée, il ne put retenir un grognement.

Ce fut comme un coup de couteau qui lui traversa la cheville. Tout d'abord, il resta immobile, sans comprendre ce qui lui arrivait. Il s'était peut-être cassé le pied. Aussitôt, il pensa aux misères qui allaient suivre, au travail qu'il ne pourrait pas continuer.

Il se hissa avec peine hors du fossé et, s'appuyant sur la houe, il clopina jusqu'à sa chaumière. Le trajet lui parut interminable et surtout la haie qu'il lui fallut longer. Pour ne rencontrer personne, il se dissimula derrière le rideau d'arbres, honteux d'être devenu si vite inutile. Une charge pour les siens.

Dès qu'elle l'aperçut, sa femme courut à lui, déjà alarmée.

— Comment tu as fait ça ? demanda-t-elle en essayant de l'aider à marcher.

Elle était à la fois soucieuse et en colère. Elle allait s'en prendre au Ciel qui jamais ne les ménageait. D'un ton brusque, il coupa court aux plaintes.

— Comment que j'ai fait ! Comment que j'ai fait ! Le pied m'a tourné en sautant le fossé. Pas autre chose !

— Je vais chercher la Juliarde. Elle sait apaiser le feu des brûlures. Et pour les chevilles tordues, elle s'y entend aussi.

— Faudra la payer. Elle voudra la moitié de notre miche de pain. Elle ne le dira pas vraiment, mais elle le fera comprendre. Tu la connais. Avec quoi que nous mangerons ensuite ? Le mal, ça vient et ça part. Laisse donc !

La femme ne tint pas compte de ces protestations. Elle courut chez la vieille qui, avec ses tisanes et ses onguents plus quelques paroles marmonnées en traçant d'un pouce assuré de petites croix sur les membres souffrants, maintenait sa réputation de guérisseuse.

Les enfants entouraient leur père assis sur l'unique escabeau de la maison. Les deux plus jeunes pleuraient un peu, les trois autres se taisaient, rendus muets par une crainte qui leur venait sans tarder à chaque coup du sort. Le bûcheron contemplait sa cheville et hochait la tête.

— Martin, tu iras au bois.

— Oui, père.

— Tu porteras les fagots au four banal[1].

— Oui.

— Et puis aux cuisines du château.

— Oh non !

L'homme regarda son fils aîné dans les yeux. Le garçon avait douze ans à peine, mais il était dur à l'ouvrage ; jamais il ne rechignait et voilà que maintenant...

— Et pourquoi, dis-moi ?

— Je ne suis jamais retourné au château depuis...

Il s'interrompit. Le mot « faucon » ne pouvait franchir ses lèvres. Cela, le père ne l'ignorait pas. Martin avait été mis au cachot pour avoir déniché un oiseau de proie. Ce n'était que justice puisque la loi l'interdisait. Le seigneur ensuite s'était montré indulgent. Devait-on s'arrêter à des histoires de morveux ?

— Nous avons les redevances à acquitter. Si messire Guilhem Arnal nous a donné le lopin de terre, c'est en échange des corvées de bois pour le four et les cuisines.

Martin comprit qu'il n'y avait rien à répliquer. Tant que sa cheville blessée empêcherait son

1. À l'usage de tous, obligatoire et soumis à une redevance au seigneur.

père de marcher, ce serait lui qui devrait fournir au château la provision quotidienne de bois mort.

— Vaut mieux que j'y aille tout de suite !

Des sentiments contraires l'habitaient tandis que, des morceaux de corde enroulés à l'épaule, il prenait la direction des coteaux. Il se sentait devenu un homme tout à coup.

Chemin faisant, il rejeta la pensée de ce qui l'attendait, une fois les fagots liés et commencé le va-et-vient entre la forêt et le château.

Les grands vents d'automne avaient secoué les bois avec leur force habituelle dans le pays. La forêt était jonchée de branches cassées, mais elle arborait aussi ses feuillages nouveaux d'un vert duveteux. Une fête pour les yeux et le cœur d'un Martin épris de solitudes.

Il aurait pu ramasser son bois à la lisière tant il y en avait. Au lieu de cela, il pénétra dans la futaie. Là, il se sentait libre, et c'était une impression confuse, instinctive, qu'il ne s'expliquait pas, mais qui le poussait à aller toujours plus loin. Au contact de la jeune verdure printanière, il se lavait des contraintes du servage et quand il s'enfonçait, seul dans les bois, il trouvait que l'air avait un goût qu'il ne possédait pas au village. L'ombre des halliers ne ressemblait en rien à celle des murailles du sire Guilhem.

Il arriva ainsi à la fontaine qu'il avait découverte, un jour d'errance, alors que, séparé de son faucon, traqué et malheureux, il avait cherché refuge au plus profond de la chênaie afin d'échapper à la justice seigneuriale. Le poisson gravé de la stèle disparaissait à demi sous les mousses qui rongeaient la pierre. C'était toujours la même fontaine oubliée du monde où seules devaient venir se désaltérer les bêtes de la forêt.

Martin écarta le cresson et but. Une perception étrange le saisit. Il se sentit épié, comme si un regard venu il ne savait d'où avait pesé sur ses épaules penchées au-dessus de l'eau. Il écouta, tout son corps tendu, le souffle arrêté. Son cœur battait plus vite, qu'il ne pouvait empêcher de s'emballer. Lentement, il releva la tête. Son regard glissa à la recherche de cet autre regard dont il ressentait la présence inquiétante.

Il essaya de démêler les bruits légers qui venaient jusqu'à lui. Aucun bruissement de branche, pas le moindre frôlement d'un corps en train de se couler dans les fourrés.

Et cependant, l'impression d'être surveillé persistait.

Il se redressa en évitant une brusquerie qui aurait effrayé l'animal aux aguets et, si celui-ci était de taille redoutable, aurait peut-être provoqué une attaque subite. Car il ne pouvait s'agir que d'un animal. Quel homme se serait inquiété d'un garçon occupé à boire l'eau d'une fontaine ? Un renard, sans doute, ou un chevreuil poussé par la curiosité et retenu par la crainte.

Quand il fut debout, il vit qu'il était seul. Les feuillages frissonnaient sans trahir une agitation inhabituelle. Toujours sur le qui-vive, Martin restait immobile, dans l'attente de quelque chose qui ne venait pas.

Un oiseau s'envola de la cime d'un arbre en jetant son cri qui ressembla à un éclat de rire. Était-il effrayé ou bien se moquait-il d'un intrus égaré en ces lieux ?

Quelque part, il y eut un craquement que Martin entendit à peine. Une branche remua. Au même moment, un courant d'air parcourut la forêt. Des pétales d'aubépine voletèrent et vinrent se poser sur l'eau de la source.

« Je me fais des idées. On dirait que c'est la première fois que je viens ici. »

Pourtant, il ne s'attarda pas. Il s'en retourna, luttant contre l'envie de courir vers la lisière où il aurait de nouveau le grand ciel clair au-dessus de la tête et, autour de lui, l'étendue rassurante des terres dénudées.

La tâche à accomplir lui fit oublier l'incident. Il avait vu, jour après jour, son père écrasé par la charge gravir le sentier et déposer ensuite devant le four les fagots qui paraissaient énormes sur son échine et dérisoires une fois jetés à terre. Alors l'homme repartait, la tête basse, exténué. Son long cheminement reprenait à travers les marais et les landes, vers la forêt où, un matin d'hiver, sa vie s'achèverait peut-être sous la morsure du gel et de la faim.

Après qu'il eut lié le bois, Martin s'assit au pied d'un chêne pour retarder le moment qu'il redoutait. Il glissa la main dans l'encolure de son surcot et en sortit une petite boule d'or qui se mit à tinter, suspendue à un lacet de cuir. Il contempla longuement le grelot qu'il avait détaché de la patte du faucon quand le seigneur lui avait rendu l'oiseau, l'agita pour l'entendre sonner. Il ne le faisait que lorsqu'il était seul car personne ne devait connaître l'existence de ce qui lui restait d'une belle amitié.

De l'or dans la chaumière de Brichot quand la vie y était si dure !…

Les souvenirs, vieux de quelques mois à peine, qui prenaient déjà les contours du rêve et remontaient à un temps où la vie avait été heureuse, lui venaient. Des images d'envol au

crépuscule, de lien librement consenti, d'entente merveilleuse. Et toutes les heures de joie qui avaient semblé promises encore…

Martin crut voir deux ailes à la courbure aiguë voler vers lui, mais il n'aperçut sur le coteau d'en face que le château du baron Guilhem. Il ne regrettait rien de l'aventure qu'il avait vécue. Il voulait seulement ne plus jamais être enfermé.

— Allons-y, puisqu'il le faut !

Il s'arc-bouta sous le poids qui lui meurtrissait les reins. Se mettre en marche lui parut tout d'abord impossible et puis, flageolant, genoux ployés, pieds trébuchants, il fit le premier pas.

Arrivé au pont de bois qui enjambait la douve, il s'arrêta, repoussant encore le moment d'entrer. Un vertige le prit, dû autant à l'appréhension qu'à la fatigue. Allait-il se jeter dans la gueule du loup ?

Il lui semblait qu'un nouveau danger le menaçait et il tremblait, les yeux brûlés de sueur, les doigts durs comme le bois qu'ils retenaient avec de plus en plus de peine.

Un homme s'engagea sur le pont. De son corps plié en deux sous l'amas du foin qu'il transportait, on ne voyait que les jambes.

— Place ! eut-il la force de grogner d'une voix cassée par l'effort.

Martin ne pouvait plus hésiter. Devant lui s'ouvrait la porte surmontée de la herse qui était protection et pour lui devenait une menace. Il crut l'entendre tomber sur ses talons quand il franchit le passage.

La herse ne tomba pas, mais le petit serf ne put maintenir le fagot qui croula à ses pieds. La cour était déserte. Le porteur de foin s'était déjà dirigé vers les écuries. Sur le mur d'enceinte, seul, un garde faisait sa ronde, sans rien voir.

— Apporte ça ici ! Vas-tu rester encore longtemps à bayer aux corneilles ?

Une femme surgie d'une porte basse interpellait Martin, poings sur les hanches et l'air rogue. Il la connaissait. Tout le monde la connaissait au village bien qu'elle ne sortît à peu près jamais du château. C'était La Violette, qui avait un nom de fleur et une trogne de soudard. Un plaisantin l'avait un jour appelée ainsi pour se moquer de sa voix tonitruante et le sobriquet lui était resté. L'autorité hargneuse de La Violette s'exerçait sur tous les gens de corvée qui avaient affaire avec elle depuis que la dame lui avait confié la bonne marche des cuisines.

— Viens-t'en vite et apporte ce bois ! M'en faut pour chauffer sous ma broche !

Elle disait « *ma* broche » comme si le château lui eût appartenu.

— Et presse-toi donc !

Martin ne réussit pas à remettre le fagot sur son épaule.

Il le souleva à grand-peine et, surveillé par la femme qui ne fit rien pour l'aider, il pénétra dans les profondeurs des cuisines.

2

Au château

Lorsqu'il se fut déchargé du fagot sur le sol de la vaste cuisine, Martin, oubliant ceux qui l'entouraient, resta immobile face à la grande cheminée. Un feu y dévorait des bûches et des branches. Les flammes remplissaient la voûte sombre de lueurs d'incendie. Devant ce brasier, un porcelet rôtissait sur une broche tournée par un enfant qui n'arrêtait pas de tousser.

Des gouttes de graisse perlaient sur la peau croustillante et chuintaient avec un bruit très doux en tombant dans la lèchefrite. Une odeur délicieuse transformait la pièce en un endroit magique où manger ne devait plus être pauvre nécessité mais sans doute plaisir.

Martin, lui, ne connaissait guère que la bouillie d'avoine ou de pois secs, la galette trop dure à tant la faire durer, un œuf parfois et, quand la saison était bonne, les baies de la forêt disputées aux oiseaux.

Mais ce lieu d'opulence était aussi un enfer. Le petit tournebroche continuait de tousser. Recroquevillé dans ses guenilles, une mauvaise sueur au front, il s'efforçait de conserver le mouvement de la broche. Trois jeunes servantes épluchaient des raves, sans un mot échangé et surveillées par La Violette occupée à plumer des perdrix.

— Tu crois qu'un fagot suffira jusqu'à ce soir ? lança la mégère à Martin subjugué par ce qu'il découvrait, enivré d'odeurs, étourdi par une faim subitement réveillée. Ton père aurait dû te dire que chez nous il ne faut pas traîner.

Était-ce une illusion des flammes dansantes ? La broche ralentissait. Elle eut un à-coup, et l'enfant vacilla.

— En voilà un bon à rien ! grommela La Violette. Qu'est-ce que tu attends, toi, pour prendre sa place ? Tu veux donc que mon rôti soit brûlé ?

Martin ne comprit pas tout d'abord que c'était à lui qu'elle s'adressait. Il reçut le petit dans ses bras et le tira loin de l'ardeur du feu.

Le pauvret se remit à tousser, plié par une quinte qui n'en finissait pas.

La Violette se leva après avoir jeté d'un geste impatienté la perdrix au travers de la table. Elle empoigna l'extrémité de la broche et fit tourner le porcelet, rassurée en voyant que l'incident ne l'avait pas gâté. Il y allait de sa réputation.

— Viens ici, ordonna-t-elle.

Martin posa la main sur l'épaule de l'enfant qui reprenait ses esprits, puis, feignant de ne pas avoir saisi ce que La Violette voulait de lui, il sortit des cuisines.

Avec quel soulagement il franchit le pont-levis ! Mais la charge lui parut plus lourde encore quand il fallut, le lendemain, reprendre le chemin du château.

Dans la cuisine où maintenant le feu se mourait, un homme que tout le monde appelait Corbeau était attablé avec La Violette devant une cruche de vin. À l'arrivée de Martin, la femme fit un mouvement du menton qui devait être un signe de connivence. L'homme posa son gobelet avant de pivoter lourdement sur l'escabeau.

— Suis-moi, grogna-t-il.

— Que me voulez-vous ?

L'autre, tout de suite, s'impatienta.

— Est-ce que je te pose des questions, moi ?

Et, pour être plus convaincant, il poussa Martin vers un escalier creusé dans l'épaisseur de la muraille.

— Passe devant !

Aucune torche n'éclairait les marches qui tournaient autour d'un pilier central. Le garçon dut chercher le contact de la pierre pour se guider dans le noir. Corbeau était un habitué des lieux car il montait derrière lui sans hésitation.

— Avance !

Ils arrivèrent à une vaste salle où le jour se coulait par deux étroites fenêtres dans un renfoncement du mur. Ce n'était que pénombre et pourtant Martin cilla après l'obscurité de l'escalier. À peine eut-il le temps de remarquer un grand coffre de bois noir surmonté d'une tapisserie qu'un chien surgit, prêt à se jeter sur les arrivants, un dogue énorme au mufle épais, qui aboya en montrant les crocs.

Prudemment, l'homme recula, abandonnant le garçon face à la bête.

Martin s'immobilisa.

Le dogue attendait qu'il fît un pas de plus pour lui sauter à la gorge. Ses aboiements résonnaient dans la salle vide. Sa queue battait l'air avec la force d'un fouet. De ses babines lourdes tombait une bave filante.

Martin ne bougeait toujours pas.

Il s'efforçait de ne rien laisser paraître de la peur qui l'habitait. Le chien se serait jeté sur lui s'il avait perçu la moindre faiblesse. Cela dura longtemps, longtemps, ou sembla durer. Il sentait que son calme résolu s'épuisait. Un moment encore et il reculerait.

La détermination de l'enfant dominait le monstre. Peu à peu le comportement de celui-ci changea. Il se mit à grogner sourdement et se détourna en lançant un regard torve qui avouait déjà un début de soumission.

Alors Martin risqua la parole :

— Tout beau !

Les grognements redoublèrent. Martin ne céda pas un pouce de terrain. Le molosse restait à distance et dépensait encore un excès de rage mais dans des mouvements moins assurés.

Martin fit un pas, puis un autre. Il savait, pour l'avoir expérimenté, qu'on ne doit jamais provoquer l'agression d'un chien en le fixant dans les yeux et il gardait le regard au-dessus du crâne de l'adversaire qui ne l'empêchait plus d'approcher. Quand il fut tout près, il tendit la main ouverte à hauteur du museau. Des grogne-ments roulèrent encore dans la gorge du dogue. La main s'avança jusqu'à toucher presque les

26

babines. Le chien eut un instant d'hésitation. Les crocs allaient surgir de nouveau, broyer cette main qui s'imposait avec une douceur insistante. Les doigts ne tremblaient pas. Un coup de langue les enveloppa et le dogue se coucha.

Guilhem Arnal avait assisté dans l'ombre à la scène et s'en était diverti, prêt cependant à intervenir si l'affaire avait mal tourné. Le chien alla vers lui, comme délivré d'une force qui le soumettait.

— Je te reconnais ! s'étonna le seigneur. Tu es…

— Le fils de Brichot.

— Qui déniche mes oiseaux !

— Une fois seulement, messire. Rien qu'une fois !

— N'est-ce pas une fois de trop ?

Martin ne répondit plus. Messire Guilhem ne paraissait pas en colère. Peut-être, si difficile à penser que cela fût, gardait-il un peu de reconnaissance au jeune serf qui, en quelque sorte, avait sauvé le château en sonnant le tocsin à l'approche de l'ennemi.

— J'avais oublié que tu sais parler aux bêtes. Comment es-tu ici, petit drôle ?

Corbeau sortit de l'escalier, tête basse, bonnet au poing.

— Mon très bon seigneur, faudrait que je vous cause à son sujet.

— Qu'a-t-il fait encore ?

— Justement, mon seigneur si juste, il a rien fait. Enfin, je veux dire, comme qui dirait, en bas, aux cuisines, faudrait qu'il fasse quelque chose.

Guilhem fronça le sourcil.

— Tu ne peux pas être plus clair, animal ?

Le serf tortilla son bonnet. Les mots ne lui venaient pas.

— C'est ma femme qu'aurait dû le dire. C'est à elle de s'en occuper.

Martin allait apprendre pourquoi on l'avait conduit dans cette salle haute où, à ce jour, il n'était jamais entré. Et l'autre, peut-être parce qu'il avait bu trop de vin, tournait le bonnet entre ses gros doigts et ne savait comment poursuivre.

— Viendras-tu au fait ? s'impatienta Guilhem.

— Ma femme, elle dit que le Nicolet qui a été mis à tourner les broches, il peut pas continuer. Il est trop petiot et puis pas résistant du tout. Celui-ci, il ferait mieux l'affaire.

Le rustre, arrivé au bout de sa démarche, en parut soulagé. Martin, lui, était atterré. Passer ses journées dans une cuisine sombre, à voir griller des gibiers dont il n'aurait que l'odeur à humer et les os à ronger, entendre La Violette maugréer, supporter son mauvais caractère ? C'était bien assez de l'endurer le temps de déposer un fagot.

— Je veux pas !

Le cri lui avait échappé. Guilhem en fut surpris.

— Depuis quand un serf dit qu'il ne veut pas ?

Martin baissa le front. S'il avait offensé son seigneur, il serait tournebroche comme le petit malheureux. On devait avoir froid en sortant des cuisines après être resté si longtemps devant le feu. Voilà pourquoi sans doute le pauvre toussait si fort. Ce n'était pas tant cela que Martin redoutait. La froidure était terrible aussi dans les bois. Mais un serf, lorsqu'il se trouvait seul en forêt, même accablé par le poids des fagots, pouvait s'y sentir libre un moment.

Emporté par un élan de sincérité, il osa supplier :

— Messire… laissez-moi la forêt !

— Pour désobéir encore à nos lois ?

Ses yeux brillaient maintenant de larmes retenues. Son menton trembla quand il voulut protester d'une voix blanche :

— Je n'y songe plus, messire…

Et puis, retrouvant un peu d'assurance au souvenir du faucon déniché, il murmura dans un souffle :

— Je pourrais pas.

Le jeune seigneur saisit-il ce que l'enfant par ces mots voulait dire ? Il se tourna vers son dogue dont il caressa le crâne bosselé puis, revenant à Corbeau qui se faisait oublier dans un angle de la pièce :

— Va !

30

Lorsqu'il fut seul avec Martin, Guilhem changea d'attitude. Ce petit gueux lui plaisait. Contre toute attente, il n'éprouvait qu'indulgence à son égard et ne se l'expliquait pas. Mais fallait-il se l'expliquer ? Le drôle le fixait sans baisser les yeux.

— Pourquoi ne veux-tu pas être tourne-broche ?

Comment Martin aurait-il pu parler de liberté ? Il était serf et savait sa condition, mais, au-delà de celle-ci, n'existait-il rien d'autre ?

— Messire, mon père vous doit reconnaissance pour le champ qui nous nourrit. Et il vous doit aussi la corvée.

— Il s'en est toujours acquitté, autant que je sache.

— Oui. Mais il s'est blessé, hier.

— Le maladroit ! Que n'a-t-il pris garde ?

Le petit sembla ne pas avoir entendu ces paroles qui exprimaient bien toute la pitié qu'un serf était en droit d'attendre de son seigneur.

— Je le remplacerai, messire. J'ai déjà commencé. Je porte depuis deux jours le bois mort aux cuisines. C'est comme ça que La Violette a eu l'idée…

Il préféra ne pas redire ce que désirait La Violette.

— Ne m'enfermez pas, je vous en supplie !
poursuivit-il. Ramasser du bois mort, c'est être en
forêt. Je porterai tous les fagots qu'elle voudra !

— J'entends bien qu'il en soit ainsi.

— Et quand le père pourra retourner en
forêt, j'irai avec lui. À nous deux, nous ferons
de l'ouvrage. La Violette aura tout son bois, et le
four aussi.

La forêt ! Le mot revenait sans cesse dans sa
bouche. Allait-on le priver des courses en forêt ?

Guilhem s'adossa au coffre. L'entrevue avec
ce garnement qui lui tenait tête continuait de
l'amuser. Il détailla la paille ébouriffée des cheveux, les épaules déjà robustes sous le surcot serré
autour des reins par un cordon de chanvre. Il n'y
avait pas d'arrogance dans l'attitude de l'enfant,
seulement une volonté batailleuse qui lui plaisait.

— Et qui tournera les broches pendant ce
temps ?

Martin ne le voyait plus qu'à contre-jour,
silhouette sombre aux bras croisés.

— Je ne sais pas, messire.

— Allons, tu as gagné ! Il y aura bien un
vieux, au village, trop content de chauffer ses os.

Le petit fagotier plaqua ses mains sur sa
poitrine en un geste spontané de reconnaissance.

— Oh, merci, messire ! Merci !

Il se hâta de repasser le pont et ne se sentit libéré du danger qui l'avait menacé qu'après être sorti de l'enfermement des murailles.

L'homme qu'il aperçut, assis sur une pierre au soleil, lui rappela un mauvais souvenir. Il eut envie de l'éviter, mais il était trop tard. Le vieux l'avait vu arriver et, de son bâton levé, lui faisait signe d'approcher.

« Il m'a reconnu. »

Sans rancune, Martin alla vers lui. La situation était tout autre, à présent. Il ne se trouvait plus dans la cellule de la tour et le geôlier n'avait plus, pendue à la ceinture, la clef qu'il avait essayé de lui dérober.

— Qui es-tu ? demanda le vieillard en posant sur lui un regard égaré. Est-ce que je te connais ?

— Vous ne me remettez pas ? Vous me racontiez vos marches et les châteaux où vous jouiez du luth autrefois.

Par un reste de prudence qu'il ne voulait approfondir, il évita de préciser où cela avait eu lieu. L'autre le dévisageait de ses yeux gris mouillés de larmes et ne semblait pas le voir. Il hochait la tête comme pour approuver, mais ce que lui disait cet enfant ne réveillait aucun écho.

— Les jongleries que les dames aimaient…

Peine perdue. Le vieux avait tout oublié. En quelques mois, sa raison s'en était allée. Tout ce qui l'avait aidé à vivre sa solitude de jongleur vagabond s'était évaporé, ne laissant qu'un grand vide. Seules restaient les douleurs dans les jambes et les épaules, acquises au plus fort des intempéries endurées le long des chemins, car il marmonna en tirant sur sa barbe :

— Va pleuvoir.

Martin esquissa un sourire apitoyé. Il repensa à la pomme et à la poignée de noix que le geôlier lui avait apportées sans un mot de reproche pour la tentative d'évasion.

— Le ciel est bleu. Regardez !

— Va pleuvoir.

L'homme frissonna. Par un geste frileux, il essaya de rajuster un manteau imaginaire sur son dos, et demeura prostré.

Un rayon de soleil, en traversant les nuages, provoqua en lui un changement subit. Les yeux qui, jusque-là, se perdaient dans le vague, reprirent leur expression. Les hochements de tête cessèrent. La phase d'égarement était passée.

Martin recula d'un pas. Il craignait qu'avec le retour de la lucidité ne revînt aussi la mémoire.

« Pourquoi je me donne ce souci ? se reprocha-t-il. Je n'ai rien à craindre de lui. »

Très vite, il se rendit compte que le passé était à jamais disparu pour le vieux jongleur. N'existait plus que l'instant présent.

— Vous avez froid ?

— J'ai toujours froid.

Une idée venait de naître dans l'esprit du petit fagotier qui ne voulait pas être tournebroche. Elle n'était pas si mauvaise puisqu'elle serait utile à ce pauvre décrépit autant qu'à lui-même. Messire Guilhem, le premier, l'avait eue.

— Vous connaissez La Violette. Tout le monde la connaît, au village.

— Oui.

— Il fait chaud dans sa cuisine.

— Sans doute. Je n'y suis jamais entré.

— Vous devriez…

Le vieux s'agita. Martin crut qu'il allait de nouveau perdre la raison.

— Vous devriez aller la voir.

— C'est une méchante femme ! Elle ne veut personne dans sa cuisine.

— Sauf si elle a besoin de quelqu'un.

— Et de qui a-t-elle besoin ?

— D'un tournebroche.

Il ne fallait pas le brusquer. Martin s'assit à côté de lui et dit sans le regarder :

— C'est pas difficile d'être tournebroche…

— Y a qu'à tourner.

— Y a qu'à tourner.

Un silence. Le rayon de soleil se fit complice. Il disparut derrière le seul petit nuage qui restait dans le ciel. Un souffle de vent frais monta à flanc de colline.

— Vous auriez chaud. Celui qui d'habitude tourne les broches est malade. Messire Guilhem cherche à le remplacer. Il serait content…

Le ménestrel avait tout oublié de son passé, excepté que le jeune seigneur lui avait permis de s'arrêter au château, une nuit pluvieuse de novembre.

— Il est gentil, messire Guilhem.

— Allons-y !

Le vieillard se laissa conduire comme un enfant. Ils franchirent le pont, traversèrent la cour, arrivèrent à la porte basse.

Martin savait que La Violette était mal disposée à son égard. Il ne comprenait pas pourquoi, mais il avait senti dès le début l'antipathie qu'elle éprouvait pour lui. Plaider la cause du jongleur aurait été courir à un refus.

— Entrez, chuchota-t-il sans accorder à celui-ci le temps de réfléchir.

Il lui sourit avec une douceur affectueuse et le poussa vers la porte.

— Dites que vous venez pour tourner les broches.

Il s'en alla aussitôt, mais, au bout de quelques pas, il vérifia que son ancien geôlier avait disparu dans l'antre des cuisines. Peut-être avait-il procuré la chaleur d'un bon feu à ce pauvre hère. Lui, il aurait gagné alors le droit d'affronter les pluies et les brouillards dans les bois où la solitude, en contrepartie, donnait au cœur un peu de liberté.

« En somme, j'ai fait une bonne action », pensa-t-il, assez content de lui.

Pourtant il n'en était pas vraiment sûr. La Violette était une teigne. Il fallait être bien âgé et n'espérer plus rien pour supporter ses sautes d'humeur.

En arrivant à la chaumine, il vit son père assis sur un banc, sa cheville enveloppée de chiffons posée sur le tabouret. Sans une entorse sévère, l'homme ne se serait jamais reposé. Humble serf, il s'étonnait de cette inaction qui le prenait au dépourvu. Les soucis le hantaient, tous ceux que d'habitude il essayait d'oublier en les noyant dans la fatigue du labeur quotidien.

— Comment qu'on va finir de préparer le champ pour les pois ?

Martin voulut le tranquilliser.

— Je suis capable de tenir une houe, père. Et puis le travail est déjà avancé.

— Faudra creuser droit.

— Oui.

— Et profond.

— Tout sera prêt. Il n'y aura plus qu'à semer. Moi, à partir de maintenant, je me chargerai des corvées de bois mort.

L'homme découvrait son fils. Jusque-là, il n'avait pas eu le temps de s'intéresser à lui. Et quatre autres enfants le suivaient, toujours réclamant leur part de nourriture. Au cours des années, la famille s'était agrandie, mais on n'avait pas changé le pot de la soupe. Aurait-on pu en prendre un plus grand ? Et avec quoi l'aurait-on rempli ?

Martin soutenait le regard de son père, et c'était comme un élan qui les avait surpris tous les deux. Ils l'avaient aussitôt retenu. Ni l'un ni l'autre ne possédait les mots pour le traduire.

3

La fontaine

Toute la matinée, il avait tracé les sillons dans le bout de champ qui était leur seule fortune. Les derniers. Il se redressa pour contempler son ouvrage. Voyait-on une différence entre les siens et ceux de son père ? Pas vraiment. C'étaient les mêmes lignes droites, semées de cailloux, car le seigneur ne leur avait pas octroyé la meilleure parcelle de son fief. Le père s'en contentait. Il faisait pousser du seigle qui ne demandait pas un sol particulièrement fertile.

Si les oiseaux ne picoraient tous les grains à peine jetés en terre, si les saisons étaient bonnes et si le Ciel et les hommes laissaient mûrir les épis, la mère pétrirait des galettes et la vie serait pour un temps assurée.

Avec ce travail, Martin avait pris aussi sur lui les inquiétudes du père. Il devenait grave, perdait son insouciance. Comme si l'enfant qu'il était encore, d'un coup, disparaissait.

Après le repas de la mi-journée, il partit en forêt. Avoir failli être retenu au château la lui faisait paraître toujours plus belle. Il ne résista pas à l'appel du sentier qui s'en allait vers des endroits lointains et pleins de mystère. La forêt devait être sans fin. Marcher pendant des jours et des jours, se fondre en elle, arriver à un pays merveilleux.

Il parvint à la fontaine qui était la limite de ce qu'il connaissait, et il s'offrit un moment d'abandon à ses songes, partagé entre le désir de s'aventurer plus loin et la béate satisfaction de rester allongé sur la mousse, dans une flaque de soleil tout neuf qui passait à travers les arbres.

Pourquoi, brusquement, perdit-il cette impression de sécurité ? Rien n'avait bougé. Il n'avait entendu aucun bruit.

Comme trois jours auparavant, il eut la sensation qu'on l'observait. Un regard venu de nulle part le transperçait. Il en sentait le poids sur sa peau, sur ses vêtements. Une crainte sourde le fit se relever.

Dans le taillis, il perçut un craquement de brindilles. Cette fois, il avait bien entendu.

Son mouvement prompt avait surpris ce qui se cachait.

Il finit par avoir franchement peur. Bête ou homme, le danger pouvait surgir d'un instant à l'autre. On avait vu des loups dans cet endroit isolé et même, à ce que racontaient les anciens pendant les veillées d'hiver, des ours souvent s'y égaraient. Qui viendrait à son secours si un loup l'attaquait ? Il restait figé, scrutant désespérément les alentours et n'osant prendre la fuite.

Quand les battements de son cœur s'apaisèrent un peu, il fit un pas vers le fourré où il avait cru discerner une présence.

« Je me suis trompé, se rassura-t-il, il n'y a rien. »

Parmi les aubépines du sous-bois, un laurier imposait sa masse de feuillage. Martin s'en approcha. Si quelqu'un ou un animal l'épiait, c'était là qu'il le débusquerait.

« Ça ne peut pas être un animal, réfléchissait-il. Un animal ne me guetterait pas deux jours à la même place. »

La remarque n'était pas pour le tranquilliser. Il fallait tirer les choses au clair.

Avec une violence qui emportait toutes les hésitations, il écarta les branches du laurier.

Blotti pour se faire petit autant qu'il le pouvait, un enfant lui jeta un regard apeuré. Puis, tel un faon surpris au plus épais d'un hallier, il bondit et aussitôt disparut.

Martin demeura stupéfait. Il avait imaginé bien des réponses à son interrogation inquiète, mais jamais il n'avait pensé à un jeune garçon.

— Reviens ! cria-t-il. Je ne te veux aucun mal !

La forêt avait absorbé le sauvageon.

— Ho ! Hé ! Reviens ! insista Martin tout en sachant que c'était inutile.

Seul de nouveau, il n'aimait plus sa solitude, ayant le sentiment d'une rencontre manquée. L'enfant attiré par sa présence et qui, au dernier moment, la refusait, lui laissait une sorte de vide. Il s'assit au bord de la fontaine et attendit en vain.

« Il reviendra, se dit-il, j'en suis sûr. Et moi, je reviendrai jusqu'à ce qu'il revienne. »

Le temps coulait, la corvée de bois mort l'appelait. Il dut se résigner à quitter la clairière. Au long du sentier qui le ramenait vers l'orée, il réfléchit pour se donner des raisons d'espérer revoir le fugitif.

« Deux fois il est venu. Il a donc envie de faire connaissance. Sans doute parce qu'il a faim. »

Tout en composant son fagot, il se promit de retourner à la fontaine dès le lendemain.

L'aube pointait à peine qu'il était debout. Autour de lui, la famille dormait dans l'air épaissi de l'unique pièce. Il se dirigeait vers le rai de jour passant sous la porte quand la voix du père le retint.

— Tu pars déjà ?

— Oui. S'il ne pleut pas, je ferai la provision de bois mort avant midi.

Le bûcheron eut un mouvement de contrariété qu'il crut dissimuler dans la pénombre.

— Et moi qui suis là, sans pouvoir bouger !

Il se sentait humilié face à ce fils, si jeune encore, qui se substituait à lui.

— Je vais mieux, grogna-t-il. Bientôt j'arriverai à poser le pied par terre.

Martin se surprit à désirer que la cheville de son père ne guérît pas trop vite.

— Prends ton manger dans la huche, dit la mère en se levant.

Sur un carré de torchon, elle avait mis deux galettes, un petit fromage enveloppé d'une feuille de chou, quelques noix trouvées dans l'herbe d'un fossé à l'automne et précautionneusement économisées depuis. Elle voulut cacher son souci pour l'enfant qui devait travailler comme un homme. Lui seul le remarqua.

Elle prit les cordes accrochées au mur sous la fenêtre et destinées à lier les fagots. Elle les lui apporta avec une sorte de solennité puis elle ouvrit la porte, désireuse de le regarder partir.

— Reviens pour la soupe.

— Pas de danger que j'oublie !

Il eut un sourire un peu moqueur en la voyant si tracassée et il s'éloigna comme on va vers une vie nouvelle.

La forêt s'était mise en fête. Le tendre soleil du petit matin luttait contre la menace d'averse qui le chasserait avant le soir.

Martin allait, le cœur content, et repoussait l'idée d'une déception.

Avant d'arriver à la clairière, il ralentit ses longues enjambées. Si l'inconnu y était, il ne fallait pas l'effaroucher à l'instant où une amitié peut-être se jouerait.

Il se fit guetteur après avoir été guetté. Il emprunta aux bêtes des bois l'immobilité patiente qui leur permet de se dissoudre dans l'ombre verte. Les alentours étaient vides. De l'endroit où il se trouvait, il ne pouvait apercevoir la fontaine.

Au bout d'un moment, cette immobilité lui pesa. Il revint au sentier en se forçant à marcher

sans précipitation, à ne pas avoir l'air de chercher. Et quand la fontaine lui apparut, il vit que
l'enfant y était.

Il eut le sentiment que celui-ci l'attendait et
il se dépêcha d'aller à sa rencontre, toute stratégie
d'approche abandonnée, poussé par le désir de
l'aborder.

L'inconnu se leva d'un bond, mais ne se
jeta pas tout de suite dans le fourré. Et puis, la
frayeur le reprenant, il disparut. Martin devina
qu'il n'était pas allé très loin. Il ne l'appela pas,
ne le poursuivit pas. Il s'assit et attendit à son
tour. Il avait posé près de lui le torchon noué aux
quatre coins qui contenait son repas, et présentait
un visage impassible, de peur que le moindre
froncement de sourcils ne fût perçu comme une
agression.

Rien ne se produisait.

Avec des gestes mesurés, il ouvrit le carré de
toile. Il en tira le fromage, dénoua le brin de jonc
qui retenait la feuille de chou... Il garda la petite
boule blanche sur ses paumes jointes, exposée en
offrande. Et il demeura ainsi longtemps, coudes
aux genoux, mains ouvertes.

N'avait-il pas réussi à se faire aimer du faucon
hobereau ? Ce souvenir lui donna la volonté de
persister dans son projet d'apprivoiser le jeune

sauvage. On ne remplace pas un ami perdu, mais est-ce une raison pour rejeter une autre amitié ? La solitude des bois était belle ; elle le serait plus encore si elle était de nouveau partagée.

Le fromage se montrait toujours aussi tentant sur les paumes réunies.

Quelques feuilles bougèrent. Martin retint sa respiration. Le laurier s'entrouvrit. Une figure apparut, une frimousse d'enfant mal nourri et farouche.

Martin lui sourit. Tremblant à l'idée de faire ce qui ne convenait pas, il dit :

— Viens.

Le garçon ne pouvait se décider malgré l'envie qu'il avait de s'emparer du fromage.

— C'est pour toi.

Leurs regards se croisaient. Martin était retourné aux jours où il apprivoisait son beau rapace batailleur. Il ne modula pas les mots qu'il prononça, car la musique de la voix ne suffisait plus pour endormir les hésitations d'un enfant.

Il fallait plutôt des paroles issues du cœur.

— C'est pour toi, répéta-t-il.

Le petit souffreteux cessa de résister. Il sortit du fourré, avança la main comme vers une flamme trop vive qui allait le brûler et, d'un coup, saisit la boulette de fromage.

Il ne pensait qu'à s'enfuir, mais la vue des deux galettes et des noix fut la plus forte. Il se contenta de ménager une distance prudente, le temps d'engloutir le fromage pour lequel il avait risqué sa liberté.

Martin lui tendit une galette avant de mordre dans la seconde.

— Je viens souvent ici, dit-il d'une voix qu'il s'efforçait de rendre neutre. Et toi ?

Toujours muet, l'enfant avait dévoré la galette et louchait maintenant sur les noix. Manger était pour lui une priorité impérieuse. Parler arriverait après, peut-être.

— Je m'appelle Martin. Et toi ?

— Peirot.

Un nom enfin établissait le contact. L'inconnu, avec ce seul mot, n'était plus l'ombre menaçante qui peuplait de peur les halliers. En outre, de son côté, par ce mot prononcé avec réticence, il rejetait une inquiétude d'animal pourchassé.

— Je suis serf du seigneur de Soupex. Et toi ?

Pour toute réponse il n'y eut qu'un geste vague qui désignait la profondeur des forêts.

— Tu vois, je ne te veux pas de mal. Moi aussi je me suis caché en forêt…

À quoi bon raconter son histoire si l'autre ne l'écoutait pas ?

— Voilà, conclut-il. Un jour, j'étais seul comme toi, au bord de cette fontaine, et j'étais malheureux... C'est tout.

Il se tut pendant un long temps.

— Et ça m'arrive encore de me cacher, reprit-il. Aux cuisines du château, ils ont dans l'idée de me faire tourner les broches.

Peirot ne se sauvait pas, mais restait fermé avec son secret.

— Puisque tu ne veux rien me dire, je m'en vais.

— Tu reviendras ?

Martin s'était déjà levé, prêt à partir.

— Si tu le veux, je reviendrai.

— Reste !

On sentait la détresse de cet appel arraché au silence. Martin se rassit et Peirot s'accroupit à côté de lui.

— Je vis dans les bois, finit-il par articuler.

— Depuis longtemps ?

— Quelques semaines. Ou quelques mois, je ne sais plus... Depuis la fin de l'été.

— Pourquoi ?

L'étrange petit se détourna, comme s'il cherchait un moyen de ne pas répondre. Sa voix trembla lorsqu'il dit ce qui pesait si lourdement sur ses pensées.

— Ils ont brûlé mon village.

— Qui ?

— Des soldats.

Irait-il jusqu'au bout de sa révélation ? Les mots lui faisaient mal.

— Ils ont tué mon père et ma mère. Mon frère et mes sœurs aussi. Moi seul, je me suis échappé… Dans les bois.

L'évocation des heures qu'il avait vécues le remplissait d'épouvante. Fuyant le regard de ce compagnon de hasard qui voulait bien l'écouter, il ne put réprimer un sanglot.

— Tous morts, tous !

Il luttait jour après jour afin de se maintenir en vie, mais avoir rencontré une oreille amicale anéantissait l'attitude de défense qu'il s'était forgée pour essayer d'oublier.

Martin revit son propre village dévasté, l'attaque du château, la résistance qu'avait organisée messire Guilhem. Lui, il avait eu le bonheur de conserver sa famille protégée par les fortes murailles.

— Ce sont sûrement les mêmes qui ont pillé notre village.

— Jamais je ne retournerai chez nous. D'ailleurs, il n'y a plus de chez-nous.

— Comment tu fais pour te nourrir ?

— Tant qu'il restait des fruits dans les haies, ça n'a pas été trop difficile. Et puis, il a fallu que je trouve autre chose à la fin de l'automne. Je m'approche des maisons, la nuit. Je suis comme le renard.

— Tu voles des poules ?

— Seulement les œufs.

La question lui semblait dépourvue de bon sens. Il s'en expliqua.

— Des poules, je les mangerais crues ? Je n'allume jamais de feu pour ne pas me faire repérer.

— Mais alors, l'hiver ?…

— Je me suis construit une cabane avec des branches. Ça ne ressemble pas à une cabane, plutôt à un tas de broussailles et de la terre dessus. Sous la neige, c'était une vraie cabane. Dedans, j'ai mis des feuilles, beaucoup de feuilles.

— Et tu arrives à manger ?

— Pas tous les jours. Quand j'ai trop faim, j'essaie de dormir.

Il parlait volontiers maintenant, mis en confiance. Parler lui faisait du bien. Depuis si longtemps qu'il n'avait parlé à quelqu'un !

— Une fois, j'ai trouvé des pommes sur un pommier sauvage. Plein, plein de pommes ! Elles étaient petites, on aurait dit des prunes. Elles étaient encore bonnes, un peu gelées peut-être. Je les ai toutes cueillies. Je les ai portées dans ma cabane. Toutes ! Qu'est-ce que j'étais content ! J'en mangeais une ou deux si je n'avais rien d'autre.

— Pourquoi tu n'as pas demandé à passer l'hiver dans une grange ? On t'aurait donné du pain, au moins, et tu aurais eu chaud.

— Les granges, c'est dans les villages. Ils seront attaqués, eux aussi, comme mon village à moi. Je ne veux pas les voir brûler. Jamais plus je ne verrai brûler une maison. Jamais ! Je préfère mourir de froid.

Une telle détermination impressionna Martin. Par quelles souffrances l'enfant devait-il être passé pour s'enfermer dans une décision aussi désespérée ?

— Tu es sûr de ce que tu dis ?
— Je le jure !

4

La broche

— Ce n'est pas encore avec celui-ci que ma broche tournera !

Le vieux geôlier accroupi près de l'âtre s'efforçait pourtant de bien faire ce qu'on lui avait demandé. Il n'était plus qu'un mouvement lent et monotone. Tout son être se réduisait à ce geste unique. Il n'avait plus de pensées, ne songeait même plus au froid qui reviendrait, à la pluie qui l'avait rempli si souvent d'une angoisse mortelle. Le brasier près duquel il vivait désormais arrivait tout juste à le réchauffer.

On avait terminé le carême de Pâques. Sur la tige de métal noir, au-dessus de la lèchefrite, les oies succédaient aux cochons de lait, les cygnes sauvages aux faisans et aux cuissots de venaison, les jours où le seigneur invitait ses amis au retour de la chasse.

La Violette avait beau grogner, le vieillard ne l'entendait pas. Alors, enfonçant son bonnet d'un coup de poing, elle s'en prit aux aides de cuisine.

— Vas-tu te presser un peu ? Il ne faut pas un si long temps pour plumer quelques grives !

La servante courba les épaules, et les plumes volèrent autour d'elle.

— Pas comme ça ! Tu vas me les abîmer !

L'autre servante tenta de se cacher derrière son tas de légumes, au bout de la longue table.

— Où as-tu appris à éplucher la poirée, toi ? Qui m'a donné une mijaurée pareille, je vous le demande ?

Les pauvres filles se laissaient malmener. Que pouvaient-elles faire d'autre ? Elles étaient serves, et la mégère avait acquis, grâce à ses dons de rôtisseuse, une autorité à laquelle, résignées, elles n'opposaient que des larmes furtives. Travailler aux cuisines leur garantissait malgré tout les reliefs des repas car, sur ce point, La Violette n'était pas regardante.

Dame Isaberthe entra. Elle aimait avoir l'œil sur la bonne marche de sa maison. Son arrivée inattendue fut suivie aussitôt d'un silence qui ne trompa nullement la châtelaine. Les servantes baissèrent la tête pour cacher leurs larmes, mais trop tard. Elle les avait vues.

— Pourquoi pleures-tu, ma fille ? s'inquiéta-t-elle en s'adressant à l'éplucheuse de légumes.

La Violette s'était déjà avancée, un sourire étalé sur sa face luisante.

— Dame, les oignons ! Ils ont bien des pelures, cette année. Signe que l'hiver a été dur.

Il n'y avait pas d'oignons sur la table. Dame Isaberthe feignit de ne pas s'en apercevoir. À peine était-elle sortie que la hargne de la cuisinière redoubla.

— Bande de geignardes ! Vous avez fait exprès de pleurnicher ! Hein ! Vous l'avez fait exprès ! Si vous n'êtes pas contentes, il y en a d'autres qui attendent votre place. Y a qu'à choisir !

Martin apportait un fagot de ramée. Aussitôt, l'humeur ronchonneuse de La Violette se déversa sur lui. Il ne s'en formalisait guère depuis qu'il avait trouvé un tournebroche et ne risquait pas désormais d'être condamné aux cuisines. Il déposa le bois sans dire un mot, jeta un œil sur le geôlier afin de s'assurer qu'il était toujours à son poste. La servante au bout de la table, plus pour se venger du tyran en bonnet que par gentillesse, lui donna à la dérobée, quand il passa près d'elle, une petite poire dure, de celles qu'on mettait à cuire dans du vin.

Maigres satisfactions d'une servitude commune. Pauvres revanches qui les aidaient à supporter les mauvais jours.

Le père avait repris son travail, mais sa cheville redevenait vite douloureuse. L'accident, sans gravité véritable, avait marqué l'entrée de Martin dans le monde des adultes. Dorénavant, ce serait lui qui s'acquitterait de la corvée de bois mort.

Le garçon s'en accommoda fort bien. Il voyait déjà les courses avec Peirot, les longues journées où ils seraient ensemble. Du petit réfugié des bois, il ne dit rien. À personne. Pas même à sa mère à qui pourtant il se confiait volontiers. Pas à ses frères surtout, c'eût été le meilleur moyen pour que son compagnon fût découvert. Il avait donc un secret qu'il comptait défendre par mille précautions et plus de prudence encore.

Peu à peu, Peirot s'apprivoisait tout en demeurant ombrageux. Il tenait à la liberté que le malheur de sa famille lui avait apportée. Surtout, il se voulait indépendant.

— Si je suis retourné à la clairière, les premières fois où je t'ai vu, ce n'était pas pour te rencontrer, dit-il un jour où il s'était montré un peu bavard. Je viens boire à la fontaine.

— Bien sûr, acquiesça Martin sans en croire un mot.

— Et ne pense pas que je t'attends seulement parce que tu m'apportes souvent à manger.

— Alors, c'est pour quoi ?

Le petit sembla ne pas avoir entendu la question. Il y eut entre eux un silence.

— C'est pour quoi ? répéta Martin.

— Je t'emmènerai à l'endroit où je me cache. Pas tout de suite… Bientôt.

— Quand tu voudras.

Et rien d'autre ne fut dit.

Martin chargea son fagot sur l'épaule et reprit le chemin du village. Rentrer dans le château ne l'inquiétait plus. Il franchissait le pont-levis sans appréhender maintenant que la herse tombât derrière lui pour le retenir prisonnier. Par contre, il ne s'attardait jamais. Dès qu'il avait grappillé auprès des servantes ou quelquefois même chapardé un peu de nourriture qu'il destinait à Peirot, il se hâtait de quitter les lieux, trop heureux de respirer de nouveau l'air de la campagne.

Un soir, alors qu'il avait porté fagot après fagot durant toute la journée, il allait repartir quand l'ancien geôlier, jusque-là indifférent, cessa de tourner la broche et lui fit signe de venir. En peu de temps, son corps s'était plus ratatiné encore à la chaleur de l'âtre, ses yeux, grillés à trop fixer les braises, avaient perdu toute expression de vie.

Et voilà que, ce soir-là, le corps se redressait, voulait quitter le coin de cheminée où il passait ses jours et peut-être ses nuits. Les yeux de nouveau s'animaient.

Les flammes, elles aussi, se réveillèrent. Elles enveloppèrent les bûches, poussèrent des langues ardentes dans un pétillement d'étincelles. Le vieillard les contemplait, cloué par une fascination hagarde. Il tendit ses bras décharnés vers le foyer brûlant, et sa voix, qui depuis tant de jours s'était tue, chevrota, emportée dans des souvenirs brusquement revenus.

— Les torches ! Voyez comme elles flambent ! Gentes dames et vous, mes beaux seigneurs, frémissez ! Je vais jongler avec le feu. Plus haut ! Toujours plus haut !

Il s'était mis debout sur ses jambes torses qui fléchissaient. Ses mains ébauchaient dans la lueur tremblante du brasier des envols désordonnés.

— Le feu ! Le feu !

Il était retourné à ses jongleries d'antan, pos-
sédé par une hallucination remontée de l'époque
où il allait de château en château. Les servantes
l'observaient, interloquées, comprenant que
quelque chose se passait, qui ne pouvait finir
qu'étrangement. La Violette, elle-même, demeurait bouche ouverte sans réussir à prononcer le
moindre mot.

Le vieux tituba. Il émit un rire terrible
lorsque, devant lui, les tisons crépitèrent.

— Jouez, les luths ! Et vous aussi, les violes !
Jouez-nous un air guilleret !

Il voulut esquisser un pas de danse et tré-
bucha. Martin se précipita pour l'empêcher de
tomber dans la fournaise. Il le prit à pleins bras et
sentit le poids du corps qui s'affaissait, lourd à ne
plus pouvoir le soutenir.

— Il est mort, murmura-t-il.

Dame Isaberthe était assise au fond de la
grande salle, dans le rayon de jour qui venait
d'une fenêtre étroite. Elle aimait cette place où
assez de clarté lui permettait de broder, point
après point en une longue patience, la tapisserie commencée au lendemain de son veuvage.
Sur la toile, les couleurs vives luttaient avec la
pénombre, et la dame songeait en tirant l'aiguille.

À ses côtés, deux femmes filaient la laine
sans rien dire, car elles voyaient leur maîtresse
occupée à des pensées qu'elle ne souhaitait pas
partager. L'une d'elles essaya néanmoins de
chanter en continuant de rouler les fils entre ses
doigts habiles, mais elle arrêta la chanson à peine
commencée.

Guilhem Arnal entra bruyamment, précédé
de son dogue, et tout ce silence, toute cette paix

volèrent en éclats. Dame Isaberthe congédia les suivantes. Elle examina avec une attention appuyée son fils toujours aussi remuant et plein de vie.

— Bonjour, mère ! claironna-t-il.

Aussitôt son entrain retomba.

— Vous semblez soucieuse…

— Pensive seulement.

— Et à quoi pensez-vous, qui vous donne un air si préoccupé ?

— À quoi, à qui pourrais-je penser sinon à toi ?

Elle avait employé le tutoiement ainsi qu'elle le faisait quand ils étaient seul à seul. Il sentit venir des reproches. Elle les formulerait avec douceur, mais aussi avec une fermeté qu'il connaissait bien. Comme il en devinait le sujet, il essaya de les esquiver.

— Pourquoi donc ? Je me porte à merveille.

Elle abandonna son ouvrage. Il comprit qu'il n'échapperait pas à la discussion.

— Guilhem, tu viens d'avoir vingt ans.

— Oui.

— Voilà maintenant trois années pleines que tu es maître de ce château.

Il attendit ce qui ne manquerait pas de suivre et s'y prépara.

— Et tu n'es toujours pas marié.

— Rien ne presse vraiment.

— À cet âge, ton père l'était.

— Mère, je ne vous ai jamais caché que mon cœur est épris.

Le visage de dame Isaberthe se durcit. Elle retrouva le ton qu'elle avait naguère pour le gronder quand il était enfant.

— Il n'est pas question de cœur, mais de nécessité. Certes, l'amour courtois embellit rêves et vies, ce n'est pas lui pourtant qui assure la succession d'un fief. Laisse là les rimes des troubadours et les soupirs des luths.

Guilhem s'approcha de la fenêtre. En se penchant un peu, on apercevait, voilé d'épine noire en fleur, le donjon du château voisin où Gayette vivait avec son époux.

— J'aime du fin'amor [1] qui demande le secret quand une dame l'accorde à un chevalier. Celle qui a mes pensées est tellement au-dessus de tous les attachements terrestres qu'elle sera toujours ma princesse lointaine.

— Et toi, tu es mon fils unique. Il te faut une descendance. Je ne voudrais pas mourir sans avoir vu au moins ton premier-né.

1. Amour courtois. Désigne dans la littérature médiévale l'amour profond et le lien de vassalité qui lie le chevalier à la dame qu'il sert.

— Qui vous parle de mourir ? Dieu vous protège !...

Il se détacha de l'ouverture dans le mur épais. L'oppression qu'il éprouvait était trop forte, trop pesant le regard embué posé sur lui pour le convaincre.

— Guilhem, tu dois prendre femme.

— Choisissez-la-moi. Je m'en remets à vous et vous obéirai.

— C'est à cela que je songe.

Il n'éviterait pas ses obligations, mais, tant que le jour n'en serait pas venu, il préférerait les ôter de son esprit.

Sa mère ne le retint pas. Elle était consciente de l'inutilité qu'il y aurait eu à prolonger la discussion. Le plan qu'elle établirait, puisqu'il le lui confiait, requérait des soins délicats. Elle s'y emploierait.

Signifiant ainsi son désir d'être seule, elle avait repris la toile et piqué l'aiguille résolument.

Guilhem aspira l'air du dehors avec la satisfaction d'avoir repoussé une fois de plus l'inévitable échéance qui n'avait rien d'urgent à ses yeux. Il traversa la cour et se dirigea vers les écuries. L'odeur de litière chaude, le cheval qui tourna vers lui son encolure brillante comme une étoffe venue d'Orient, le dogue sur ses pas telle une ombre rendirent sa bonne humeur au fougueux jeune homme. Lui restait malgré tout un peu de l'emportement qu'il avait contenu devant sa mère. Il le brûlerait en des jeux rudes qui épuiseraient le corps et endormiraient les pensées importunes.

— Faujart ! appela-t-il.

Il n'eut pas la patience d'attendre.

— Jamais là quand on a besoin de lui ! Va le chercher, ordonna-t-il à un valet.

Autant sa voix était impérieuse, autant douce se fit sa main lorsqu'il caressa le flanc du cheval. Le piqueur[1] accourut bientôt.

— Nous allons chasser.

— À la vol[2] ?

— Non, à l'épieu et au coutelas.

— Qui faut-il...

— Toi et moi seulement.

— Et les chiens ?

— Mon dogue suffira. Selle les chevaux, nous partons tout de suite. Ne veux-tu pas forcer[3] quelque sanglier ?

1. Valet qui s'occupe des chiens et, pendant la chasse, suit la meute à cheval.
2. Expression du Moyen Âge pour désigner la chasse avec les oiseaux de proie.
3. Poursuivre la bête à la chasse et la réduire aux abois.

— Comme il vous plaira, messire.

Peu après, les planches du pont-levis résonnèrent sous le martèlement des chevaux. Guilhem
jeta sa monture dans la pente avec un cri de
violence. Les manants occupés à bêcher leur
carré de jardin levèrent la tête pour le regarder
passer. Qu'avait donc le seigneur ? Quels démons
l'habitaient pour qu'il fût déchaîné à ce point ?
Sûr que sa bête allait broncher !

Ils le suivirent des yeux pendant qu'il s'éloignait puis reprirent leur travail, alourdis d'une vague inquiétude, comme si quelque chose d'étrange et d'inconnu les avait menacés.

5

Gibier

Ils ne se cachaient plus, ne s'épiaient plus, s'attendaient avec un bonheur impatient. Le premier arrivé s'asseyait au bord de la fontaine, attentif à déceler l'approche de l'autre. Et c'étaient, chaque fois, des retrouvailles heureuses. Martin n'en parlait pas, car il n'aurait su ni voulu évoquer les souvenirs qui demeuraient en lui, mais il était retourné au temps des crépuscules partagés avec son faucon.

Lequel des deux, de l'oiseau ou de Peirot, avait été le plus difficile à apprivoiser ? L'enfant, malgré la présence sécurisante de son compagnon, éprouvait encore des sautes d'humeur, des réactions apeurées qui le précipitaient dans un fourré à la moindre alerte.

— Reviens ! Il n'y a personne !

Il fallait insister, apaiser sans cesse, consoler souvent lorsqu'un hoquet coupait la voix du petit assailli par les douloureuses remontées de sa mémoire.

Au fil des jours, leur amitié progressait. Martin apportait le frugal déjeuner que contenait son carré de toile. Peirot y ajoutait des herbes tendres récoltées en forêt. Ce n'était pas encore le temps des baies ni celui des champignons. Ils s'en contentaient. Ils les lavaient dans l'eau de la fontaine et les croquaient entre deux rires. Jamais pousses de pissenlits ou menu cresson ne leur avaient paru meilleurs. Ensuite, ils s'inventaient des histoires, les unes effrayantes, les autres rassurantes, et ils se mettaient à courir pour échapper à des dangers imaginaires.

Puis ils redevenaient graves, et le silence qu'ils observaient en marchant ou blottis au creux d'un lieu caché qui les protégeait les rapprochait encore un peu plus l'un de l'autre.

Un matin où ils s'étaient revus plus tôt que d'habitude tant était grande leur envie d'être ensemble, Martin posa la question qui lui brûlait la langue depuis le début :

— Ton village, il est loin d'ici ?

Le sauvageon se rembrunit aussitôt. Il avait dit, à leur première rencontre, juste le nécessaire pour expliquer les raisons de sa fuite et ne désirait pas, lui non plus, reparler de ce qui le hantait. Martin essaya d'atténuer sa maladresse.

— Je te demandais ça parce que j'aimerais savoir plein de choses sur la forêt. Si elle est grande. Jusqu'où elle va.

— Je crois qu'elle ne finit jamais.

— Jamais !!...

Elle avait l'air étrange, cette idée qu'on pouvait marcher pendant des jours et des jours sous les arbres sans parvenir à l'autre lisière. On pouvait donc s'y perdre, s'y faire oublier. On pouvait s'échapper aussi.

Une sensation de liberté passait dans l'air de la belle matinée de printemps. Martin enviait l'indépendance de son compagnon. Et puis, il pensa à la chaumière paternelle, la chaumière aux murs calcinés dont on avait refait le toit à la hâte après que les pillards étaient partis avec les maigres provisions que l'on possédait. La famille s'était réunie au sortir des remparts de messire Guilhem, toute la famille, et la vie avait repris, un peu plus difficile encore, avec le sentiment d'avoir frôlé le pire, et la joie jamais exprimée d'être toujours ensemble.

— Je vais te montrer où je dors, la nuit, dit Peirot gravement. Parce que tu es mon ami et que j'ai confiance en toi.

Ils s'enfoncèrent dans la chênaie. Martin avait l'impression exaltante de vivre une aventure. En s'éloignant des lieux qui lui étaient familiers, il donnait libre cours à son allégresse. Certes, une prudence innée lui faisait établir des repères pour rebrousser chemin, un rameau brisé, un lierre envahissant le fût d'un arbre, une ouverture de terrier entre les racines d'un autre, et il s'affranchissait de ce qui, au château, lui était imposé.

Tout à coup, cette paix joyeuse se rompit.

— Écoute !

Figés en même temps, ils avaient entendu tous les deux.

— Qu'est-ce que c'est ?

— Chut !

Un bruit lointain de chevauchée. Un déchaînement d'enfer. Jamais les futaies n'avaient vibré ainsi sous les sabots d'un cheval. Ils écoutèrent, tendus, ce galop que rien n'arrêterait. Un réflexe ramena à leur esprit les vieilles peurs évoquées quand le malheur s'annonçait.

— Si c'était une licorne ?…

Martin y avait pensé, lui aussi, mais il en rejeta l'idée.

— Tu crois qu'il y a des licornes, ici ?

— Ben !…

— Tu en as vu ?

— Moi, non. Mais un homme a dit un jour à mon père qu'on lui avait parlé de quelqu'un qui en avait vu une.

— Vu vraiment ?

— Je sais pas. Peut-être qu'il avait seulement cru la voir.

Ces propos rendirent à Martin le sens des réalités.

— Cachons-nous.

Des aboiements retentirent. Le vacarme se rapprochait, venait à eux. Martin reconnut la voix du dogue.

Chien d'attaque, combien de fois l'animal avait-il déjà sauté à la gorge d'un vagabond ou d'un coupe-jarret fuyant dans les sous-bois ? Il avait flairé une présence et, emporté par la folie de la chasse à l'homme, il entraînait les cavaliers sur sa trace. Martin se crut capable de le dominer de nouveau. C'était compter sans l'excitation de la poursuite, le dressage en vue de la lutte qui avait fait du chien un fauve d'assaut. Rien ni personne ne le contenait lorsqu'il était lancé sur un adversaire.

— Il nous poursuit, dit Martin dans un souffle. Sauve-toi !

Peirot ne bougeait pas, cloué sur place par la peur.

— Sauve-toi !

Le molosse jaillit au tournant du sentier. Martin eut à peine le temps de le voir et il reçut sur la poitrine une masse de muscles, de crocs, de babines noires et d'yeux injectés de sang, qui l'écrasa. Une douleur lui traversa l'épaule comme une pointe de feu.

Derrière le monstre, les chevaux de Guilhem et du piqueur parurent à leur tour. Martin ne les entendit pas. Il essayait de se protéger le visage des deux bras repliés, mordu, meurtri, trop affolé pour réaliser que sa dernière heure était sûrement venue.

Le baron sauta à bas de son cheval et saisit le dogue au cou. Ensemble, ils roulèrent dans les buissons, aussi haletants l'un que l'autre. Le corps à corps, s'il n'était pas celui qu'il avait désiré, procurait cependant au jeune homme l'occasion de dépenser l'excès de violence qui l'habitait. Après avoir imposé sa volonté en serrant à pleins doigts la gorge du chien jusqu'au bord de l'étranglement, il changea la rage meurtrière de l'animal en un combat pour le seul plaisir de combattre.

Peu à peu, le dogue perdit de son agressivité et quand, par un vigoureux coup de reins, son maître se redressa et le riva au sol en lui broyant le mufle, il abandonna la lutte avec un râle où demeurait un reste de fureur.

Guilhem se releva. Une longue zébrure rouge marquait sa joue. Il l'essuya du dos de la main et éclata d'un rire rempli de gaieté.

— Encore toi ! Je parie que tu braconnais.

Martin allait protester de son innocence. Le châtelain l'arrêta d'une bourrade qui faillit le jeter à terre.

— Ne dis rien ! Tu mentirais et je serais obligé de te faire fouetter.

Sans ciller, sans respirer non plus, tandis que des gouttes de sueur refroidissaient dans son dos, le petit serf qui toujours le surprenait par une volonté farouche se planta devant son seigneur.

— Non, messire, je ne braconnais pas.

Guilhem Arnal se remit en selle. Il siffla un coup bref qui rappela le chien puis, s'adressant à Faujart :

— Ne perdons plus de temps, lança-t-il.

Chien et chevaux se ruèrent au cœur des halliers dans un craquement de branches brisées.

Martin se laissa tomber dans l'herbe, rompu.

Il demeura allongé pour faire revenir la paix dans son esprit et dans son corps. La morsure à l'épaule était cuisante. À travers les feuillages, il apercevait de grands morceaux de ciel bleus, à peine frangés de quelques nuages blancs.

« Peirot a pu se sauver », pensa-t-il.

Il voulait s'en convaincre. Le fugitif avait appris à subsister dans l'isolement de la forêt. L'automne qui avait suivi le massacre de sa famille puis un hiver rigoureux n'avaient pas anéanti son désir de vivre. « Je suis comme le renard », avait-il affirmé le premier jour sans que le moindre sourire eût éclairé son visage d'enfant à jamais marqué par les épreuves.

« Il aura rejoint sa tanière qu'il voulait me montrer. Et puis, le danger passé, il reviendra. Je vais l'attendre. »

En ce jour d'avril, le temps changeait vite. Un nuage gris pesa sur les frondaisons. Martin ne bougeait pas, perdu dans sa rêverie, retardant le moment où bouger lui serait souffrance.

« Mais est-ce que je le reverrai ? »

Il repoussa les pressentiments qui l'assaillaient. Il retrouverait son ami et, rendus plus prudents encore, la forêt leur appartiendrait de nouveau.

Pourquoi alors cette inquiétude qui persistait ?

Le dogue était reparti sur une trace. Excité par la proie qui se dérobait, il quittait le sentier où les indices s'évaporaient, hésitait au plus épais des fourrés, la truffe rasant le sol, la queue fouaillant l'air. Avec un jappement avide, il reprenait sa course, suivi par les deux cavaliers qui s'attendaient à le voir lever un sanglier.

Peirot comprit qu'il était poursuivi. Son repaire se trouvait trop éloigné pour qu'il pût s'y abriter. Et d'ailleurs, y aurait-il été protégé s'il avait réussi à l'atteindre ? Les aboiements, dont l'écho lui arrivait malgré la distance, le terrorisaient. Il était gibier comme le cerf traqué jusqu'à l'épuisement de son souffle. Il courait, la peur au ventre, risquant à tout instant de trébucher. Pour couvrir l'odeur d'épouvante qu'il laissait sur son passage, il entra dans une mare dont il ignorait si, trop profonde, il ne s'y noierait pas. L'eau se referma sur lui tandis qu'il avançait et s'enfonçait peu à peu, les membres raidis par le froid. Elle monta autour de ses hanches, le ceintura, monta encore, enveloppa la poitrine… Elle recouvrit les épaules, enserra le cou, frôla le menton, effleura les lèvres. Il avançait toujours. Encore un peu, et l'eau l'ensevelirait. Il ne se débattait pas pour se maintenir à la surface. Le moindre geste, le bruit le plus léger auraient attiré l'attention. Il avançait

et grelottait. Des bulles d'air montées en grappes des profondeurs l'entouraient à chaque pas.

L'eau quitta ses lèvres ; elle descendit le long de son cou, libéra les épaules. Il toucha le bord dans un fouillis de joncs, s'arracha à la vase, se hissa sur la berge et se remit à fuir, le cœur près d'éclater.

Où allait-il ? Il n'en avait aucune idée. Était-il encore en mesure d'avoir une idée alors qu'il courait, hors d'haleine ? Il entendait le chien aboyer au loin. Ce n'était pas un de ceux que les seigneurs employaient pour la battue au sanglier. Martin ne s'était pas trompé. On le pourchassait. Le baron de ce fief avait-il appris qu'un jeune serf réfugié sur ses terres vivait sans s'acquitter des redevances ? Lui avait-on dit que se cachait dans ses forêts de la graine de brigand qui, un jour, se rebellerait ?

Peirot avait la bouche pleine de salive à force de courir, une douleur poignante au côté. Le bourdonnement du sang à ses oreilles l'étourdissait, l'air lui manquait, la peur pourtant le menait au bout de lui-même. Il fuyait toujours.

Il déboucha dans une coupe de bois en même temps que ses poursuivants et s'effondra contre le tronc d'un chêne isolé avant de se relever aussi vite. Dos à l'écorce rugueuse, les bras en croix, semblable à ces chouettes aux ailes clouées sur la porte des granges pour repousser les influences mauvaises des diables de la nuit, croyait-on, il fit face tandis qu'une brume d'épuisement lui brouillait la vue.

Guilhem Arnal surgit au galop et rappela le dogue. Il mit dans sa voix une autorité de maître devant qui tout doit plier. Le chien obéit avec des grognements sourds, les jarrets tendus, prêt à bondir si on lui en donnait l'ordre.

— Qui es-tu ? demanda le baron, ennuyé de voir la chasse espérée prendre ce méchant tour.

Peirot ne répondit pas.

— Eh bien ? Vas-tu me faire attendre ?

— Je vis dans les bois depuis que mon village a brûlé.

— Dans « mes » bois !

— Oui.

— Et tes parents ?

— Ils ont été tués.

— De quelle seigneurie es-tu ?

L'enfant se troubla. On allait le renvoyer au châtelain qui l'avait en servage. Il reverrait les maisons détruites, les créneaux dévastés, les terres ravagées, mais pas sa famille à jamais perdue.

— Notre baron est mort, lui aussi…

C'était peut-être vrai. Il prit le risque d'un mensonge.

— … quand le château a été attaqué.

— Où est-il, ce château ?

— Loin d'ici. Très loin. J'ai marché long-temps.

— Tu es sur mon fief. Donc, tu m'appartiens désormais.

S'adressant au piqueur qui se tenait à distance :

— Emmène-le, Faujart.

Alors que l'homme s'avançait pour se saisir de lui, Peirot s'esquiva, redemandant à la forêt de lui servir d'asile. Soutenu par une volonté sans faille, le souffle recouvré, il fila en bordure de la coupe ; il était sur le point de disparaître dans des ronciers quand Guilhem talonna sa monture.

Le cavalier rompu aux chevauchées les plus effrénées n'eut besoin que d'un rien de galop pour rejoindre le fuyard. Une poigne inflexible s'abattit sur Peirot, l'agrippa au col, le souleva, tout mouillé encore, gesticulant et couinant comme un jeune blaireau arraché à son terrier. Une force le jeta en travers de la selle ; une claque fracassante, mi-coléreuse, mi-amusée, s'écrasa sur ses fesses, lui ôtant l'envie de continuer à se rebiffer.

Il passa sans ménagement du cheval du baron sur celui de Faujart. Le piqueur avait des façons moins brutales, mais devait obéir. Il mit l'enfant à califourchon devant lui, et Peirot, vaincu, prisonnier de deux bras vigoureux, cessa toute résistance.

— Rentrons, ordonna le seigneur. Nous nous contenterons de ce gibier pour aujourd'hui.

Assis au pied d'un arbre, le menton sur les genoux dans une attitude de repli, il avait attendu le retour de Peirot, encore sous le coup de l'agression soudaine. L'instant espéré où son compagnon sortirait des broussailles ne venant pas, il fut gagné malgré lui par la quiétude trompeuse qui l'entourait. Son corps se dénoua. Couché de tout son long, joue contre terre, il s'endormit.

Il errait en songe dans la forêt. Elle ne finissait jamais, avait supposé Peirot. Il s'aventurait toujours plus loin, en des endroits sombres où il pénétrait, entraîné par l'incontrôlable mouvement né du sommeil, avançait au milieu de ténèbres si mystérieuses qu'il oubliait d'avoir peur. Les branches s'écartaient brusquement devant lui, les feuillages s'ouvraient, et il atteignait la lumière.

Un bruit sorti du sol entra dans son oreille, grandit, lui emplit la tête. Des coups de marteau étouffés par la distance, les uns aux autres mêlés, et qui frappaient en même temps, sans précipitation. Peu à peu, ils chassèrent le sommeil. La forêt des songes s'effilocha à mesure que la conscience revenait, et Martin, en se réveillant, reconnut le pas de deux chevaux.

Il se leva d'un bond, prêt à prendre la fuite. Le dogue vint à lui, sans intention meurtrière cette fois. Martin se figea, sur la défensive. Le chien le flaira, presque indifférent. La traque était terminée.

Les chevaux débouchèrent sur le sentier. Ils marchaient de ce pas dont l'écho s'était coulé dans l'oreille du dormeur. Messire Arnal allait devant et, entre les bras du piqueur, Peirot, tête basse, semblait ne rien voir. Quand il passa près de son ami, il garda les yeux fixés sur la crinière du cheval.

Martin voulut esquisser un geste qu'il retint, dire un mot qu'il ne put prononcer et, après que les cavaliers se furent éloignés dans la futaie, il resta seul, étonné et malheureux, avec le sentiment d'une trahison qu'il ne s'expliquait pas.

6

Pourquoi ?

Martin avait cet air buté qu'on lui découvrait quelquefois. Elle fit celle qui ne s'en apercevait pas, en veillant à ne pas manquer le moment où il parlerait. Et lui, qui avait remarqué le souci de sa mère, restait sur sa réserve. Bientôt, elle n'y tint plus.

— Qu'as-tu, mon fils, à faire cette tête ?

— Rien.

Elle ne le questionna pas davantage. C'eût été inutile. Elle lui adressa un sourire compréhensif et, s'avisant que le seau était vide :

— Je n'ai plus d'eau. Tiens, va m'en chercher !

Il partit avec soulagement. À la maison, ses frères le harcelaient, jouaient et criaient, riaient et se chamaillaient alors qu'il avait envie, lui, de solitude. L'humeur de son père devenait plus sombre. Et sa mère, au milieu de trop d'occupations, en plus se tracassait pour lui.

Depuis deux jours, il n'était pas retourné en forêt. Deux jours, déjà !

Au puits, il attendit que les femmes aient rempli leur seau. Les bavardages allaient bon train ; le cuveau ne descendait au bout de la chaîne que lorsque le dernier commérage avait satisfait les curiosités. Martin se tenait à une bonne distance pour ne pas attirer de questions.

Les langues se turent quand Corbeau arriva, l'air très en colère et les gestes désordonnés. Devant ce public féminin, il joua tout de suite les bravaches, heureux de montrer une autorité qu'il ne possédait pas chez lui.

— Dis donc, toi, attaqua-t-il en s'adressant au garçon, tu ne devais pas apporter du bois ?

— Si. Mais, aujourd'hui, j'y suis pas allé. Y en avait pas besoin.

— Ben, tu vas y aller tout de suite. La Violette, elle veut rôtir son agneau.

Il prit à témoin celles qui espéraient un incident à rapporter tout chaud en l'enrichissant de suppositions et de sous-entendus.

— Et un bel agneau, pardienne, faut le temps, que je lui ai dit.

Des gloussements étouffés répondirent à des coups d'œil complices. Elles avaient appris depuis longtemps que La Violette se moquait bien des avis de son homme et que le méchant rustaud se serait vite fait rabrouer s'il avait seulement hasardé le début d'un conseil.

Martin reprit sans joie le chemin de la forêt. À la lisière, il hésita pour aller plus avant. Il n'irait pas à la fontaine, c'était certain. L'ami l'avait trahi. Peirot était passé sur le cheval du piqueur sans lui adresser un regard, cachant ainsi le lien entre eux.

Pourquoi ? Quel parti pensait-il tirer de sa rencontre avec le baron ? Il avait paru satisfait de son nouveau sort, en selle avec Faujart, sans le moindre sursaut de révolte. Que faisait-il au château à présent ?

C'en était fini de la bonne entente partagée, des rêves si beaux que seule la forêt pouvait les inspirer.

Il n'irait plus à la fontaine.

Et pourtant le désir de s'y rendre s'insinuait dans son esprit. L'espoir que l'amitié recommencerait lui donnait l'envie de courir à l'endroit où, peut-être, Peirot s'impatientait.

Il alla vers la fontaine.

Non loin du petit bassin, il s'arrêta. Les arbres portaient maintenant tout leur feuillage ; des fleurs d'un jaune d'or joyeux s'ouvraient au bord de l'eau. Des oiseaux chantaient dans les branches...

Mais Peirot n'y était pas.

Martin fit demi-tour. À quoi bon aller jusqu'à la fontaine ? Il en voulait à son compagnon qui avait choisi de l'abandonner pour profiter des avantages d'une vie de servitude au château. Il lui cherchait des excuses. L'hiver que l'enfant avait vécu dans la froidure, la solitude et les dangers, devait provoquer en lui la peur des hivers à venir. N'aurait-il pas agi de même si la clémence du seigneur ne lui avait pas permis de reprendre sa place au village ? Il avait erré aussi, par des journées d'automne mouillées de pluie, se croyant poursuivi à cause du faucon déniché.

« Mais pourquoi a-t-il fait semblant de ne pas me connaître ? Il s'imagine que je vais lui prendre son travail ? »

L'idée revenait continuellement le tourmenter.

« Quel danger je représente pour lui ? »

Il fit un fagot de bois mort plus gros que ceux qu'il livrait d'habitude, ce qui ne l'empêcha pas de se poser des questions. Sur le chemin du village, il remua encore dans sa tête de nouvelles raisons d'excuser Peirot. Il désirait tellement renouer, d'une façon différente au besoin, leur entente ! Mais le souvenir du garçon à cheval devant Faujart et n'opposant pas de résistance ne permettait aucun espoir.

Par l'affaitage [1], le faucon était devenu un chasseur servile, oublieux de l'amitié passée. Ainsi donc, tout recommençait. Le château, toujours et toujours, imposait sa loi.

Avec un geste de révolte, lui, l'indocile, jeta le fagot au milieu de la cour.

Un valet tenait deux chevaux, chacun par une longe, et les faisait trotter. Deux étalons magnifiques que Guilhem avait rêvé de posséder, l'œil inquiet, le col arqué et la crinière blonde, prêts à s'enfiévrer au moindre mouvement brusque, au passage d'une ombre.

En jetant son fagot, Martin les effraya.

— Tu ne peux pas faire attention ? cria le palefrenier.

Les chevaux se cabraient, hennissaient, pareils à des démons affolés. Corbeau sortit des

---

1. Dressage des oiseaux de proie pour la chasse.

cuisines, attiré par le bruit et décidé à donner son point de vue sur la meilleure façon de maîtriser des chevaux. Le valet était déjà reparti d'un trot souple en entraînant les deux bêtes pour les calmer. L'insupportable fier-à-bras ne vit que Martin qui n'avait pas eu le temps de s'éloigner, et aussitôt s'en prit à lui.

— Tu crois pas que c'est moi qui vais ranger ce bois ? Porte-le dedans, et vite !

Le garçon remit la charge sous son bras et franchit la porte basse, avec la ferme résolution de ne pas s'attarder. Il aimait de moins en moins ces lieux depuis que le geôlier n'était plus là pour tourner la broche. L'avait-on remplacé ?

À peine entré, il lâcha le fagot, bouche bée de surprise.

— Espèce de bon à rien, glapit La Violette, mets-le au coin de la cheminée !

Il ne répondit pas, ne reprit pas le fagot. Devant l'âtre, Peirot tournait la broche.

— T'as pas entendu ?

Peirot qui n'eut pas un regard vers lui ! Il semblait enfermé dans un monde de flammes, rendu étranger à tout ce qui l'entourait. Le feu lui rougissait les joues, donnait à son visage une fixité de masque. Aucun sentiment ne se lisait sur

ses traits, ni colère, ni résignation et non plus de la tristesse ou quelque contentement.

— Près de la cheminée que je t'ai dit !

Des volailles rôtissaient et tournaient avec une régularité qui devait plaire à La Violette.

« Il m'a vu, se répétait Martin. Ce n'est pas possible qu'il ne m'ait pas vu entrer. Pourquoi il m'ignore ? »

Lorsqu'il déposa le fagot à l'endroit où la femme le désirait, il se trouva près de Peirot, mais celui-ci gardait les yeux rivés sur le feu.

— Peirot, murmura-t-il.

Il attendait un clin d'œil, un message muet. Peut-être la broche tourna-t-elle un peu plus vite ou bien ce ne fut qu'une illusion. L'enfant ne voulut pas entendre l'appel. Alors Martin retraversa la salle. Il avait hâte d'être dehors, de s'éloigner pour essayer de comprendre.

— Ne manque pas de revenir demain ! lui lança La Violette.

Revenir ! S'il n'avait tenu qu'à lui, jamais plus il ne serait revenu. Il comprenait maintenant. En parlant des broches, un jour, alors qu'ils couraient sous les arbres, il avait éveillé l'intérêt de Peirot. Le petit s'était juré de ne pas retourner dans son village détruit. Il avait prétendu vivre désormais dans les bois, mais une saison rude devait avoir été plus forte que sa volonté. Mieux valait se faire une place avantageuse dans les cuisines d'un château.

Et Martin, à qui on avait déjà demandé de tourner les broches, pouvait de nouveau, pensait-il sans doute, obtenir cette place.

Qu'avait-il dit pour l'avoir? Il s'était senti gêné en voyant arriver l'ami qu'il avait trompé. Aussi avait-il préféré ne pas le regarder.

Voilà. Tout devenait clair à présent. Et tout était triste absolument.

7

Le grand chemin

Quelques mois plus tôt, loin, bien loin du fief de Guilhem Arnal de Soupex, au Puy-en-Velay, un homme monta en hésitant les marches du parvis de la cathédrale. Il était résolu à aller au bout de son aveu.

Avec des larmes brûlantes et une voix que le repentir blanchissait, il dit sa faute à l'homme de Dieu. Derrière les croisillons du confessionnal, il y eut un terrifiant silence. Le malheureux se sentit damné définitivement.

L'obscurité s'épaississait sous les coupoles de la nef. La faible clarté du jour traversait les vitraux sans emprunter aucun éclat à leurs couleurs vives. Et les cierges, en buissons flamboyants, ne parvenaient pas à repousser les ténèbres. Tout était crainte jusqu'à l'épouvante de l'âme.

— Mon fils, vous avez grandement péché.

Les mots qu'il redoutait le libérèrent pourtant d'une attente douloureuse.

— Il vous faudra longue repentance.

— Oui, mon père.

— Donner beaucoup pour recevoir le pardon en retour.

— Oui, mon père.

Le prêtre bougea sur son siège. Il ne fut plus seulement une voix dans l'ombre et, quand il poursuivit, il y mit moins de rigueur.

— Vous prendrez le bourdon du pèlerin et irez demander à saint Jacques de vous accorder du secours.

L'infortuné ne cacha pas son embarras :

— Je suis un homme simple. J'ai entendu invoquer saint Jacques, mais je ne sais pas où je dois aller le prier.

— Vous ne connaissez pas le nom de Compostelle ?

— Si fait ! J'ai vu partir des gens. Ils disaient qu'ils n'avaient pas vraiment idée de l'endroit où cela se trouvait, mais ils partaient quand même. Ceux qui en revenaient parlaient d'un trajet sans fin.

— Compostelle, en Galice. Là est le tombeau de saint Jacques le Majeur, un des douze apôtres du Christ. Le chemin qui y conduit, par Espalion, Moissac et puis Roncevaux, sera un temps de méditation pour affermir votre âme.

Sur le parvis de la cathédrale, l'homme retrouva la luminosité de l'air avec une joie qui touchait à l'exaltation. Il agraferait à son manteau la coquille Saint-Jacques emblème des pèlerins de Compostelle et accomplirait la marche vers l'Espagne. Malgré le conseil qui était donné à tous ceux qui se lançaient ainsi, il irait seul. Exposé aux dangers de la route, il braverait le froid, les chemins de solitude. Il s'en remettrait à la volonté divine pour les haltes du soir. Soulagé par sa confession, il se préparait à des souffrances qui lui feraient espérer le pardon.

Du haut des marches, il découvrait la ville du Puy-en-Velay entourée par la croupe arrondie des montagnes. Non loin, à droite, un rocher volcanique hissait la chapelle Saint-Michel d'Aiguilhe en plein ciel.

— Montez-y avant de vous mettre en route, proposa le confesseur venu le rejoindre pour donner un prolongement un peu chaleureux à la pénitence imposée. Elle a été bâtie il y a plus de deux cents ans par l'évêque du Puy, au retour du premier pèlerinage à Compostelle.

C'était de là qu'il partirait après avoir fait rédiger son testament et réuni les membres de sa famille à l'heure de prendre congé. Reviendrait-il un jour ou bien serait-ce un définitif adieu ?

Et c'est de là qu'il partit, un matin de janvier, sur des sentiers où la neige persistait en longues plaques qui craquaient sous les pas.

Tant qu'il marcha sur les hauteurs de la Margeride et du Gévaudan, il fut en paix avec lui-même. L'immensité du ciel qui l'entourait, la réalité des pierres, plus dures sous les pieds de jour en jour, l'entretenaient dans un état de résolution et une joie nouvelle. Il allait vers son salut en remerciant Dieu des peines qui lui étaient envoyées. Il apprit l'endurance, le retour lucide sur son passé et l'acceptation de soi. Il sut qu'il aurait parfois la mort en face, qu'il risquerait de ne pas y échapper, et il s'y prépara.

Il y pensa en particulier certain soir où il s'était attardé sur une haute lande toute chevelue d'herbe. La nuit venait. Elle noircissait au fond des combes tandis que les dernières lueurs du jour effleuraient les sommets. Le pays était désert à perte de vue. Quelques arbres, çà et là, résistaient aux vents, tordus et retordus, acharnés à durer. Rien qui pût servir de refuge.

Le crépuscule se répandit en apportant une impression d'insécurité diffuse et pourtant affreusement palpable. Avec lui vint un hurlement perdu dans les lointains, une sorte de chant modulé qui se faisait de plus en plus aigu, s'étirait en un fil de son ténu absorbé par la nuit et repris aussitôt. La lande en était remplie malgré la distance.

Un loup rameutait ses congénères pour la chasse. L'homme ne put s'empêcher de frémir. La mauvaise bête avait-elle éventé sa présence? Il pressa le pas, convaincu que ce serait inutile si elle était déjà sur sa voie.

Une forme apparut dans un creux où le sentier s'enfonçait. L'obscurité lui donnait l'aspect d'un gros animal aux aguets. L'homme reconnut une de ces cabanes bâties avec les pierres de la montagne en vue d'abriter celui qui passe. Dès qu'il fut entré, il prêta de nouveau l'oreille. Des glapissements secs se rapprochaient, se répondaient. Des cris impatients et voraces avant la curée.

Il referma la porte. Blotti dans le noir, pour la première fois il regretta d'être aussi seul.

C'en était fini de sa joie presque retrouvée. Les hurlements des loups furent comme le rappel de sa faute surgissant lorsqu'il l'attendait le moins. Dès lors, il pérégrina les yeux au sol, livré à des idées qui ne le quittaient plus.

Pourquoi ne s'était-il pas joint à un groupe de pèlerins ? Il aurait eu ses périodes de silence quand la route s'allonge indéfiniment, mais il aurait partagé aussi les temps de prière et de repos avec des frères de marche qui se seraient rendus comme lui à Compostelle et pour de semblables raisons.

Il y pensa très fort le jour où il crut vraiment qu'il allait perdre la vie, non plus du fait des bêtes sauvages, mais parce que des gueux affamés attendaient les voyageurs dans des endroits sombres où la mort frappait sans que nul le sût.

Une appréhension était née lorsqu'il avait pénétré entre deux abruptes pentes couvertes de sapinières. Il longeait un torrent que la fonte des dernières neiges avait gonflé. Une odeur d'humidité alourdissait l'air ; le ciel, en une traînée étroite, n'était que grisaille. Grises aussi devenaient les pensées de l'homme qui voyait dans la menace environnante et la tristesse des lieux qu'il avait à traverser le passage imposé afin de retrouver la lumière.

Il s'y engagea avec un cœur abattu, des forces diminuées. Et quand trois détrousseurs, dont la mine ne permettait aucun doute sur leurs intentions meurtrières, surgirent d'un amas de rochers, il s'arrêta, déjà vaincu.

— Ta bourse ! grommela le plus âgé des trois.

L'homme donna le peu qui lui restait, en suppliant qu'on lui laissât la vie.

— Pour que j'accomplisse mon vœu, implora-t-il, et que je sauve mon âme.

C'étaient de pauvres diables qui, en des contrées de rocs et de misères, n'avaient plus d'autres moyens de conjurer la faim. Ils grimacèrent devant le piètre profit de leur embuscade, songèrent à dépouiller le voyageur de son manteau et puis y renoncèrent quand celui-ci montra d'un index tremblant la coquille Saint-Jacques cousue à l'étoffe.

— Décampe !

Il ne se le fit pas répéter. Réduit désormais à l'état de mendiant, il mesura la profondeur de sa solitude. Il y vit une réaffirmation de sa faute, et de ne pouvoir en parler avec quelqu'un le plongea dans un terrible découragement.

Brichot avait recouvré sinon sa bonne humeur, du moins presque toute sa mobilité, et confié à Martin la charge du bois mort à porter au château.

— Je reprendrai mieux en main notre champ, expliqua-t-il, le premier jour où il se rendit sur son bout de terre.

— Je n'ai pas bien travaillé ? s'inquiéta Martin sans dissimuler un ton de déception quelque peu indignée.

— Ce n'est pas ce que je veux dire. Les sillons sont tracés, et bien tracés. Ils sont prêts pour les pois et les raves. Tu as eu la bonne main, faut pas dire autrement. Le seigle, en plus, est déjà levé.

— Alors ?

— Alors je voudrais tirer de cette pierraille tout ce qu'on peut en tirer, et que nous ayons suffisamment à manger. Si je vais en forêt, ce sera du temps qui me manquera. Nous devons des corvées, à toi de me remplacer.

— Il est trop jeune ! Tu vas pas le faire peiner tous les jours, essaya de protester la mère.

— Trop jeune ! Est-ce qu'à son âge, moi, je n'avais pas commencé ?

Martin se garda d'avouer que, de tous les travaux qui accablaient un serf, celui-ci lui semblait le moins désagréable.

Chaque matin, il allait donc vers la forêt avec un sentiment de provisoire liberté. Seul le regret des heures passées en compagnie de Peirot jetait sur ses escapades une sorte de mélancolie dans laquelle il refusait de se complaire. Malgré tout, il n'arrivait pas à s'empêcher de rejoindre la fontaine où son amitié avec le garçon sauvage avait débuté.

Le printemps, déjà bien avancé, transformait les sous-bois. On pouvait être serf à l'échine douloureuse de trop porter des fagots et se sentir prince au milieu des feuillages neufs, des fleurs écloses toutes en une même aurore comme pour une fête seigneuriale, des chants d'oiseaux qui vous escortaient de branche en branche. Tant de petits cœurs gonflés d'amour sous les plumes ébouriffées à la saison des nids se gorgeaient de soleil, de vent léger dans une activité incessante et fébrile !

Martin était le jeune prince d'un royaume en dehors du monde.

Il repensait à Peirot. Ce n'était pas raisonnable, mais il s'attendait toujours à le revoir, assis au bord du bassin. Les alentours étaient déserts. Il ravalait un vague chagrin mêlé de colère. La forêt lui restait.

Ce matin-là, l'aube à peine levée, il aperçut quelqu'un à demi allongé sur la mousse, et il s'arrêta, surpris, ne sachant pas s'il devait s'approcher. Un homme était absorbé dans ses pensées, un gros bâton entre les genoux, une besace abandonnée près de lui. Quand il remua les jambes pour faire jouer ses articulations engourdies, une calebasse cogna contre le bois du bâton.

Martin avait déjà croisé de ces gens qui demandaient l'aumône. Ils portaient une coquille cousue sur le manteau ou le chapeau, qui annonçait leur état de pèlerin. On savait qu'ils faisaient pénitence. Ils ne disaient pas de quoi, mais on ne se méfiait pas d'eux. On remplissait leur gourde d'eau fraîche, on y ajoutait un morceau de pain ; ils remerciaient en chevrotant des bénédictions.

L'homme leva la tête et dévisagea ce petit drôle qui cherchait à se cacher.

— Tu n'as pas peur de moi, j'espère ?

— Bien sûr que non ! répliqua Martin, un peu fanfaron.

— Alors viens donc ici.

De quel droit un étranger lui donnait-il des ordres ? Chez lui, dans sa forêt ? Ici, il était le maître. Personne ne lui commandait quoi que ce fût, sauf le bois mort à rapporter chaque jour.

— Que crains-tu ?

Il ne craignait rien et, pour mieux le prouver, il se planta à trois pas. L'homme lui adressa un sourire au milieu d'une barbe broussailleuse qui témoignait de nombreux jours de marche. On lisait une grande fatigue sur ses traits. Pourtant ils se détendirent quand le garçon, abandonnant son attitude rétive, s'assit à son tour de l'autre côté du bassin, prudemment.

— Je suis heureux de te rencontrer. Il y a si longtemps que je n'ai pas parlé à quelqu'un ! J'ai fait vœu de silence, mais…

Il eut un geste vague qui reconnaissait son manquement et s'accordait à contrecœur une indulgente absolution.

— Vous venez de loin ? demanda Martin.

— Oui, de loin. Du Velay.

— C'est où ?

— Comment t'expliquer ? C'est loin, voilà tout.

— Et où allez-vous ?

— À Compostelle.

— C'est où ?

— Encore plus loin, sans doute. Pour tout dire, je ne sais pas. Et je ne sais pas non plus si j'y arriverai.

— Pourquoi ?

— Parce que j'ai trop présumé de mes forces.

Les mêmes pensées toujours le harcelaient. Il y revenait sans cesse. Maintenant qu'une oreille

attentive l'écoutait dans la quiétude d'une clairière isolée, il prononça les mots tant de fois refoulés :

— À Espalion, j'ai quitté le chemin qui passe par Conques et Moissac. J'ai bifurqué cap au sud, vers Saint-Guilhem-le-Désert. J'avais cru qu'en allant seul j'expierais mieux ma faute. Je me trompais.

— Vous avez fait quelque chose de mal ?

Il hocha la tête et ne répondit pas.

Martin ne put cacher sa surprise ni sa soudaine inquiétude. Il se mit debout, prêt à prendre la fuite. L'inconnu sourit de nouveau. Il y avait moins de tristesse dans son sourire.

— Rassure-toi. Ma faute est dans mon cœur. C'est pourquoi elle est si lourde à porter. J'ai la repentance triste et ne trouve aucune paix en marchant.

— Je comprends pas.

— Il me faudrait un compagnon pour oublier un peu ma peine et tenir mieux ainsi mon engagement. Seul, je ne saurai y arriver. J'ai aussi péché par orgueil.

On entendit, faible et obstinée, la cloche du monastère. L'homme se leva. Il réprima une grimace. Les courbatures se faisaient sentir de nouveau. Il resta à écouter la volée de sons qui appelait les moines pour l'office de tierce à la mi-matinée.

— Je dois me remettre en route, soupira-t-il.

Martin le regarda s'éloigner. Au dernier tin-tement de la cloche, il le vit disparaître derrière les houx.

Ses obligations attendaient le pourvoyeur de bois mort. La veille, Corbeau avait insisté lourdement et La Violette s'en était mêlée : avant midi, on avait besoin d'au moins quatre fagots.

— Et pas des brindilles, avait précisé Cor-beau. Du solide ! De celui qui dure au feu ! Va y avoir gros à griller demain !

— Qu'est-ce qui se passe ?

— T'occupe pas, c'est mon affaire !

La Violette s'était impatientée. Elle avait sa tête des mauvais jours avec, en même temps, un air de satisfaction qui lui faisait oublier de rabattre le caquet à son homme.

Martin n'avait tenu aucun compte de ces ordres en écoutant un passant lui dire des choses qu'il n'avait pas très bien comprises.

La cloche le rappela à son devoir. Elle le mit en garde aussi. Que lui arriverait-il si on lui ôtait ce retour quotidien à la forêt, si on lui imposait une autre corvée ? La menace pesait toujours sur lui.

En bon serf consciencieux, il cassa les branches que le vent d'autan [1] avait jetées à terre, les dépouilla de leurs rameaux, ne conserva que les plus grosses. Corbeau ne gronderait pas ou très peu, ce qui voudrait dire sans le reconnaître qu'il serait satisfait d'avoir été obéi.

Et lui, il garderait sa corvée en forêt.

Il fit un voyage, puis un autre, puis un troisième. Dans la cour du château, les servantes se hâtaient, venant de la réserve avec des seaux de farine, des corbeilles remplies de coings, de pommes et de poires. D'autres arrivaient du four en portant à pleines brassées de gros pains qui répandaient une bonne odeur de mie brûlante. Les valets s'affairaient, puisant l'eau et remplissant les auges.

Vraiment, ce n'était pas un jour comme les autres.

Chaque fois, Martin déposait le fagot devant la porte des cuisines. Pressé de repartir, il se gardait bien d'entrer pour éviter de revoir Peirot.

Mieux valait qu'il en fût ainsi.

1. Vent violent venu des Pyrénées.

Une certaine irritation lui revenait quand il passait le pont-levis. Surtout lorsqu'il aperçut le fauconnier dans les lices. Il se courba un peu plus sous le poids du fagot, les yeux rivés au sol, le pas précipité.

Il n'avait aucune envie de rencontrer le maître des oiseaux.

8

Effervescence

Guilhem avait abandonné à sa mère le soin de lui choisir une épouse. Dame Isaberthe n'y avait pas manqué. Deux semaines plus tard, elle avait annoncé à son fils qu'il devait inviter les seigneurs des parages pour un festin à l'occasion duquel l'éventuelle promise serait présentée. La châtelaine avait mené rondement ses recherches et le projet en était presque à sa conclusion. N'y manquait que la solennité d'une table richement offerte.

— La promise ! Vous allez vite !

— Elle a toutes les qualités requises, je m'en suis assurée.

Le jeune homme avait éclaté d'un rire sonore qu'on entendit cascader jusqu'au plus profond des souterrains de son castel. Un rire trop forcé pour ne pas dissimuler une certaine irritation. Mais la bonne douairière souhaitait assurer la succession du fief. Il n'avait plus qu'à se plier à sa volonté.

— Je suppose que si vous l'avez choisie sans même l'avoir vue, c'est parce qu'elle apporte tous les avantages d'une union bien arrangée.

— J'y ai veillé.

— Sur ce point comme en tout, on peut vous faire confiance.

La dame avait froncé le sourcil sans relever l'impertinence de la réplique.

— Eh bien, ma mère, remerciez le Ciel de vous avoir donné un fils aussi obéissant !

— Je le remercie, en effet.

Guilhem avait effleuré des lèvres le tulle qui ombrait le front maternel.

— Paix, ma mère !

Sa nature joviale avait vite repris le dessus. L'amour courtois qui le liait à Gayette s'accommoderait de cet autre attachement imposé par le devoir. Cependant, sa contrariété persistait. Dans les jours qui suivirent, il se dépensa plus que d'habitude en chevauchées et en chasses, d'autant qu'il devait assurer la table du festin.

Deux sangliers y perdirent la vie ainsi que plusieurs lièvres et une dizaine de perdrix.

L'agitation du château finit par ébruiter la nouvelle qui passa le pont-levis et courut de chaumière en chaumière. Les paysannes allèrent remplir leur seau au puits toutes en même temps afin d'en apprendre davantage.

— On dit que…

Que ne disait-on pas ? Les imaginations s'enflammèrent.

Martin sut ainsi pourquoi on lui avait demandé, la veille, d'apporter un supplément de bois. Et la corvée était loin d'être terminée.

Lorsqu'il entra dans les cuisines, ce matin-là, il fut surpris par la fournaise qui les transformait en un antre infernal. Peirot était déjà à pied d'œuvre.

On avait remplacé les hâtiers [1] ordinaires par d'autres beaucoup plus grands et à quatre crans sur lesquels étaient posées les broches. Près des braises rôtissaient les grosses pièces de venaison et, au-dessus, les perdrix transpercées à la file, qui réclamaient moins de force pour les faire

---

1. Grands chenets de cuisine à plusieurs crochets sur lesquels on appuie les broches.

tourner, mais de l'attention et de la rapidité, si vive était l'ardeur du foyer.

La Violette surveillait le bon déroulement de l'affaire. Son visage ruisselant de sueur gardait un air dur qui trahissait la hantise de voir trop tard des peaux croustillantes se changer en un désastre de viandes carbonisées. Ce n'était pas le moment de la distraire en lui contant des balivernes.

Elle était si préoccupée qu'elle en devenait silencieuse.

Martin déposa le bois et, au lieu de repartir aussitôt, il resta les bras ballants, à fixer Peirot qui ne s'était pas rendu compte de sa présence. Du moins le croyait-il. L'enfant sentit ce regard et tourna la tête.

« Approche-toi », dirent ses yeux.

Un bref mouvement du menton répéta le message muet.

Rassurée sur le sort de ses rôtis, La Violette se préoccupait maintenant de pâte à pétrir et elle avait toute sa voix pour quereller les pauvres filles qui n'y mettaient pas assez d'énergie selon elle. Les deux garçons réussirent à déjouer un instant sa surveillance lorsqu'ils furent devant l'âtre, dos à la salle.

— Attends-moi, glissa Peirot sans cesser de manœuvrer les broches.

— Quand ?

— Quand tout sera cuit.

— Où ?

— Dans l'échauguette [1] au-dessus de la poterne.

Le cœur en joie, Martin sortit précipitamment. Peirot lui revenait ! Il attendrait tout le temps qu'il faudrait.

Dehors, une grande animation régnait. Le palefroi du baron piaffait, harnaché de cuir blanc, la vieille haquenée [2] de dame Isaberthe près de lui. Des femmes à l'allure un peu rustique, qui composaient l'entourage de la châtelaine, avaient revêtu les belles robes datant de leurs jeunes années et que l'obscurité des coffres parfumée de thym n'avait pas trop mal conservées. Les valets promenaient des chiens couplés. Les gardes circulaient sur le chemin de ronde, une main en visière pour observer l'horizon.

Déjà sur sa mule qui était la patience même avec cependant des accès d'entêtement dont elle aurait à rendre compte au Jugement dernier, le chapelain multipliait les patenôtres [3] afin de ne

1. Petite tour accrochée à l'angle des châteaux forts.
2. Jument, monture des dames au Moyen Âge.
3. Prière du Notre Père. Désigne par extension toute prière dite machinalement à voix basse.

pas être jeté à terre. Le fauconnier, un gerfaut au poing, caracolait à l'écart, sur un cheval de chasse ardent comme une flamme.

Levant les yeux, Martin aperçut des tapisseries qui battaient les pierres des murailles, agitées par le vent. Il y avait partout un air de fête, l'attente d'une arrivée dont on sentait que l'avenir de chacun dépendait.

Peu après, des groupes de cavaliers se présentèrent à l'entrée du château. Accompagnés des dames, les seigneurs du voisinage avaient tous répondu à l'invitation. Ceux à qui l'âge ou une position moindre ne permettaient pas de chevaucher gravissaient à pied la colline après avoir rangé dans un boqueteau la charrette qui les avait transportés. Ils passaient discrètement sous la herse levée et se regroupaient en retrait.

Le guetteur au sommet de la haute tour, vers qui de plus en plus souvent les têtes se tournaient, lança le cri que tout le monde espérait.

— Les voilà !

Aussitôt, ce fut le grand branle-bas. Un homme s'engouffra à l'intérieur du donjon pour prévenir les maîtres. Guilhem parut bientôt et souleva un murmure enthousiaste. Il était magnifiquement beau malgré un air maussade que sa jeunesse transformait en quelque chose de rêveur.

Une robe de velours gris argent, haut fendue, s'ouvrait sur des chausses d'un grenat lumineux qui lui moulaient la jambe de la meilleure des façons. Malgré la richesse du costume, il gardait un brin de désinvolture que soulignaient les cheveux mi-longs ondulant sur la nuque.

L'attention générale fut pourtant détournée par l'arrivée de celle à qui tout le monde pensait sans en rien dire. Les traverses du pont-levis résonnèrent sous les sabots de sa jument aussi noire que le palefroi de Guilhem. Elle était escortée d'un grand gaillard d'époux qui chevauchait cinq pas derrière, belle dans sa robe à traîne d'un bleu pastel si doux qu'il faisait d'elle un être immatériel comme un songe.

Par défi, à moins que ce ne fût parce qu'elle gardait l'assurance d'être courtoisement la plus aimée, Gayette avait choisi le bon instant pour parachever une entrée et rappeler à son chevalier les droits qu'elle avait sur un cœur noblement épris.

Guilhem s'avança en essayant de refréner l'empressement qui le portait vers elle. Il mit la main en étrier où vint se poser la pantoufle menue de l'amazone, et ils se tinrent ensuite debout l'un face à l'autre, cernés par la curiosité de tous.

— Vous êtes chez vous en ce château, ma dame.

Elle lui sourit, montrant ainsi qu'elle entendait le sens de ces paroles. Puis, enjouée, elle demanda son aide pour se remettre en selle.

— Le temps nous presse, mon beau seigneur. On vient à vous.

Heureuse de l'adoration qu'elle lisait dans le regard de Guilhem, elle tourna bride gracieusement et se mit près de son époux occupé à parler créneaux et mâchicoulis avec un barbon dont le castel menaçait ruine.

Dame Isaberthe sortit peu après, majestueuse et drapée d'un manteau à longs plis qui l'enveloppait tout entière. Une coiffe de linon blanc enserrait son visage, retenue par une large bride passée sous le menton.

On eût dit une madone vieillissante descendue d'un pilier de cathédrale. Le mouvement d'intérêt qui l'accueillit et l'émotion qu'elle s'efforçait de dissimuler lui donnèrent de l'humeur. En outre, depuis son veuvage, elle n'était plus montée à cheval, préférant les joies paisibles de la tapisserie qui correspondaient mieux à son caractère. On lui amena la haquenée. Elle évalua avec une certaine méfiance la hauteur de la croupe, ne montra pas combien l'entreprise s'avérerait difficile et lança d'un ton faussement dégagé :

— Alors, marauds, quand allez-vous me jucher sur ce bourrin ?

Guilhem se précipita ; elle le repoussa d'un geste.

— Laissez donc, mon fils, ordonna-t-elle en reprenant un air de majesté qu'elle perdit aussi vite lorsque les valets la soulevèrent avec une vigueur un peu rude.

Elle retomba en selle dans un amas d'étoffes chiffonnées, chercha une position sûre et ne recouvra le calme qu'en sentant le pommeau bien solide au creux de son jarret.

— Qu'attendons-nous ?

— Mère, dit Guilhem en se plaçant à son côté, nous n'attendions que vous.

Martin gagna le rempart pour se rendre sans tarder à l'échauguette. Des gardes l'arrêtèrent, il dut parlementer, inventer une histoire, donner des raisons à sa présence sur le chemin de ronde. Rien ne le prit au dépourvu. L'esprit en alerte et le cœur content, il eut réponse à tout et suivit son plan avec une assurance qui fit taire les interrogations.

Le petit prince de la forêt était aussi, provisoirement du moins, un prince en son château ; il suffisait d'y croire.

L'échauguette constituait un excellent poste d'observation. Sur le chemin poudreux, le train de la promise arrivait. Modeste. Une dizaine de cavaliers seulement. Les hommes allaient en tête, les dames suivaient, et puis les valets. Quelques servantes trottaient en retroussant leurs jupes.

« Qui est la damoiselle ? » s'escrimait à deviner Martin.

Il ne s'en rendit compte que lorsque messire Guilhem et sa mère les accueillirent au bas du coteau. Le baron descendit de cheval et alla droit à un cavalier qui, malgré un âge apparemment avancé, se tenait bien en selle. Puis il salua une imposante dame dont la monture fit un écart qui faillit la désarçonner. Après quoi, sans donner l'impression d'avoir remarqué l'incident, il s'approcha d'une amazone fluette sur un cheval blanc. Il s'inclina, mais n'eut pas le loisir de poursuivre ses civilités. La jouvencelle avait déjà sauté à terre. Prestement. Alors Guilhem tendit le bras droit. Avec une vivacité empressée, elle posa sa main sur le poing de celui qu'on lui destinait, et les deux jeunes gens se mirent en marche vers le château.

— Voilà qui est parfait ! conclut Martin.

Des mots qu'il avait entendu prononcer souvent depuis qu'on parlait des futures noces du baron.

Cuit et recuit d'avoir été si longtemps près des braises, Peirot n'aurait pas pensé de même. Les heures lui paraissaient interminables. Lorsqu'un cuissot de sanglier était rôti à point, La Violette le retirait de la broche et le remplaçait par un filet épais ou un marcassin entier. Il tournait de nouveau et tournait encore.

Après qu'une ultime pièce de viande eut pleuré ses perles de graisse sur les cendres brûlantes, l'enfant se leva. Une cruche d'eau était sur la table si encombrée de victuailles que la vue de cette abondance finissait par tuer la faim, même celle d'un sauvageon dont le ventre, pendant des mois, avait crié famine. Peirot but jusqu'à la dernière goutte puis s'effondra dans un coin pour reprendre vie.

Il était épuisé. Seul son désir de révolte demeurait, qui avait résisté à l'embrasement, à l'odeur devenue écœurante, aux chamailleries de La Violette, à cette lassitude qui montait le long du bras et de l'épaule.

Dans la grande salle au sol jonché de foin et de fleurs des champs, on dévorait. Solidement, avec un entrain campagnard qui ne s'embarrassait pas de prévenances ni autres minauderies. On arrachait d'une main ferme les cuisses des perdrix, on les déchirait à belles dents, entre deux vantardises ou propos égrillards, en homme d'armes qu'on était. Et puis on se souvenait que les dames grignotaient une aile de bécasseau. On redevenait courtois, on reprenait des paroles de troubadour, et on déposait un morceau délicat sur le tranchoir [1] de celle qu'on avait à sa droite. La dame remerciait avec une confusion étudiée ou, pour d'autres, une repartie aussi leste que vigoureuse, qui rendait le chevalier servant pantois avant de provoquer un rire d'ogre remis en appétit.

Cela, Peirot ne le vit pas. Pendant qu'aux cuisines, à la basse-cour, aux écuries, gardes et serviteurs festoyaient eux aussi en compagnie des villageois qui profitaient de cette profusion de nourriture, il courut au rempart.

Martin y était.

Ils s'accroupirent dans l'espace étroit de l'échauguette, enfermés comme en un cocon, heureux de se retrouver et ne sachant comment exprimer ce que chacun avait à dire.

---

1. Large et épaisse tranche de pain servant d'assiette.

— Tu as fini ? attaqua Martin.

— Fini et bien fini.

— Tu es content ?

— De quoi ?

Martin tâtonnait pour amener Peirot sur le terrain d'une explication franche, en prenant soin toutefois de ne pas le froisser.

— De ta place de tournebroche.

L'autre aussitôt protesta :

— Tu te moques de moi ?

— Je croyais… Dès que messire Guilhem t'a ramené au château, tu as fait semblant de ne plus me voir…

— Parce que je pensais que tu pourrais m'aider.

— Comment ça ?

— Personne ne devait savoir que nous sommes amis. J'attendais l'occasion.

— Pour quoi faire ?

— Pour m'enfuir.

— Tu veux partir ?

— Ce soir.

— Tu seras poursuivi. Tu seras repris.

— Pour ne pas être repris, j'ai besoin de ton aide. Je pourrais retourner à la forêt, mais je lui en veux. Elle ne m'a pas sauvé.

— Tu appartiens au seigneur. Il a des droits sur toi !

— Quels droits ?

— Le droit de suite[1].

— Non, justement ! Je ne lui appartiens pas. C'est lui qui en a décidé ainsi. Je ne suis pas né sur son fief comme toi.

Le petit se tut. Il entretenait sa folle intention et Martin respecta ce silence. Qu'en sortirait-il ? Il n'y avait qu'à patienter. Peirot, recroquevillé, fixait le sol obstinément. Sa respiration était un peu précipitée. Parfois, un frisson courait sur son visage.

Il leva la tête, ayant récupéré la force de parler.

— J'ai peur.

Martin ne demanda pas de quoi. Il devait attendre encore. Il attendit.

— J'ai peur du chien.

Les mots libérés sortirent plus facilement. Peirot avait fait confiance à la forêt pour fuir tous les barons de la terre, leurs piqueurs, leurs rabatteurs, leurs gardes et même leurs manants,

1. Le seigneur, en ce temps-là, avait le droit de poursuivre et de ramener un serf qui s'était enfui alors qu'il était attaché au fief.

les soldats qui pillaient, qui tuaient et brûlaient, mais le dogue lancé à ses trousses avait anéanti sa sûreté. Une angoisse le taraudait après cette chasse à courre où il avait été le gibier.

— J'ai peur, répéta-t-il.

Ne plus entendre les aboiements de l'animal monstrueux, ne plus sentir son haleine sur les talons, ne pas revoir les crocs jaillis de la gueule comme lorsque, adossé à un tronc d'arbre parce qu'il était épuisé, il avait été contraint à faire face !

— Aide-moi, Martin, supplia-t-il. Dis-moi où aller !

Jamais il ne s'était montré aussi désarmé. Martin fut convaincu qu'il risquerait sa propre vie, si besoin était, pour permettre à Peirot de fuir.

— Tu partiras, je te le promets.

Il était heureux bien que ce fût le moment où il se séparait définitivement de lui. Dans le secret de l'échauguette, des souvenirs remontaient auxquels, à ce jour, il s'était refusé à penser. Il devait les rappeler pour se guérir d'eux alors qu'il n'en avait jamais parlé à qui que ce fût, pour se prémunir contre le nouveau chagrin qu'il s'imposerait.

— J'avais un ami. Le château me l'a pris.

— Comment il s'appelait ?

Un silence.

— Tu ne veux pas me le dire ?

— Il n'avait pas de nom.

— Tout le monde a un nom !

— C'était un faucon, il n'avait pas de nom ! Ils l'ont dressé pour la chasse et il n'a plus été mon ami.

Un silence encore.

— Je ne l'ai plus revu.

Il venait de mentir, car il n'avait pas voulu ajouter que l'oiseau avait connu une fin brutale.

— Tu vas t'en aller. J'aurais eu de la peine si, toi, tu n'avais plus été mon ami. Je l'ai bien cru jusqu'à aujourd'hui.

Dans la cour, au-dessous d'eux, les paysans improvisaient une ronde. Des cris fusaient, joyeux, mêlés de chansons. Une musique aigrelette les accompagnait, sur des cordes grattées avec entrain. Un pipeau de berger, à panse de mouton, s'y ajouta. On levait haut le genou quand on était homme. Femme, on balançait le cotillon avec des ronds de jambe et des œillades aguichantes.

Martin profita de cet endiablement à la danse.

— Partons, dit-il à Peirot.
— Où allons-nous ?
— J'ai mon idée.

9

Rancune

Ils coururent sur le chemin de ronde. Ils descendaient l'escalier qui, par la poterne, leur permettrait de gagner la campagne, lorsque Martin se ravisa :

— Séparons-nous. Attends ici que je sois dehors.

— Pourquoi nous ne passons pas par le pont ?

— Tu veux que Corbeau t'accroche ? Ou La Violette ? Ils sont sûrement à boire avec les autres. S'ils nous apercevaient ils auraient des soupçons. Et alors !…

Un minimum de prudence était nécessaire. Peirot se dissimula dans un recoin d'où il voyait, par l'échancrure d'un créneau, la douve aux eaux stagnantes qu'il leur faudrait franchir.

— C'est pas profond, lui expliqua Martin à mots précipités. Quand ils ont attaqué le château, ils ont jeté des pierres pour traverser. On ne les a pas retirées depuis. Je te montrerai où elles sont.

« Ils », c'était la bande de pillards qui, sous l'avalanche de flèches et de quartiers de roche, n'avait pas atteint la poterne. Maintenant, pierres de l'attaque et roches de la défense aideraient un enfant dominé par la peur à partir vers l'inconnu.

— J'y vais !

Martin dévala les marches. Il arrivait au pied du rempart. D'une avancée de la muraille surgit le fauconnier.

— Je te cherchais.

Comme lorsqu'il l'avait surpris dans la ruine où l'attendait son faucon, l'homme se dressait devant lui, froid, plein d'assurance. Martin remonta les marches à reculons, sans le quitter des yeux. Le fauconnier monta face à lui, empêchant toute fuite. Saisi par une main dont la puissance lui broyait le poignet, l'infortuné garçon se dit de nouveau que lutter ne servirait à rien. Pourtant, il ne se résignait pas. Il se débattit, une fois encore, à coups de pied, à coups de dents, avec son autre poing encore libre.

Arrivés à la marche supérieure, si près du lieu où Peirot se recroquevillait, le fauconnier tordit le bras de Martin qui dut ployer le genou.

— Tu m'évitais. Tu croyais m'échapper. J'ai pris mon temps.

Il savourait l'avantage que sa force physique lui donnait. Indifférent aux réjouissances qui mettaient le château sens dessus dessous, il avait épié les deux garnements sur le chemin de ronde et jugé l'occasion favorable.

— Je n'arrive pas à ôter de mes pensées la perte de mon plus beau faucon.

Les mots débordaient de sa bouche après avoir si longtemps encombré son cœur. Il les avait tournés et retournés pendant des mois. Dans sa solitude, absorbé tout entier par la passion de la fauconnerie, il n'avait connu aucun repos.

— Sans toi, je l'aurais cueilli au nid quand l'heure aurait été venue. Comme un fruit mûr à point. Sans toi, il n'aurait pas acquis ces mauvaises habitudes de liberté indocile. Des jours et des jours d'affaitage pour les lui faire perdre !

Sa voix devenait sifflante. La pression des doigts s'accentuait autour du poignet de Martin. L'homme s'exaltait au souvenir des espoirs disparus.

— Sans toi, il ne serait pas mort ! Je possède tous les autres, mais lui seul m'était précieux. Je l'aurais, là, sur mon gant. Il avait été offert à la dame de Souilhe, elle me le confierait entre deux chasses et je le dresserais toujours mieux !

Il ranimait sa colère en proférant des paroles de regret pour l'oiseau à jamais disparu, de menaces pour le misérable à l'origine de ce tourment.

— En plus, tu m'as provoqué ! Tu t'es enfui du cachot et tu as gagné la sympathie de notre baron. Et c'est moi, moi qui, en t'enfermant, ai causé cela ! J'aurais dû te jeter au fond d'une basse-fosse !

Il assénait les invectives comme des coups, les unes entraînant les autres. Dans son emportement, il oubliait que c'était un enfant qu'il maltraitait ainsi. Un enfant en vérité muré dans une volonté farouche qui lui interdisait la moindre plainte, mâchoires serrées, front têtu, un enfant qui le bravait en ne le suppliant pas d'avoir pitié.

— J'aurais dû t'écraser comme une bestiole malfaisante quand je t'ai découvert, ce soir-là. Mon hobereau ne serait pas mort.

D'une torsion du bras, il obligea Martin à buter de l'autre genou sur la marche.

— Tu as contraint le seigneur à te donner ce faucon magnifique. Tu savais pourtant que tous les oiseaux de proie lui appartiennent. Pour toi, un serf, on m'a forcé à jeter le gant. Mon gant ! Le symbole de ma charge ! Tu m'as humilié devant l'assistance. Depuis, il me semble que mes élèves[1] ne m'obéissent plus. Une partie de ce qui fait ma vie est morte avec ce hobereau. Scélérat, tu es donc le diable !

Il s'enflammait jusqu'à la folie, tellement impérieuse était sa passion des rapaces. Ne se contrôlant plus, il approcha son visage de celui de Martin au point de presque le toucher. Sa voix avait un accent rocailleux dont on n'aurait su démêler s'il était supplique ou menace.

— Tu veux donc la mort des oiseaux ! Comment fais-tu pour leur parler ainsi et les entraîner à leur perte ?

Il se releva, imposant à Martin de se mettre debout.

— Messire Guilhem Arnal fête ses futures épousailles. Jusqu'à demain, tu es en mon pouvoir. Avant l'aube, nul ne saura ce que tu es devenu. Là où je vais t'enfermer, aucun chemin de ronde ne te permettra de te sauver. Je me serai vengé !

---

1. Jeunes oiseaux de proie en cours de dressage.

La colère lui fit grommeler encore :

— Même si, à l'aube, je dois te relâcher.

D'une poussée violente, il le jeta dans l'escalier. Il allait le saisir au collet de nouveau, épuiser l'accès de démence né d'une rancœur et d'un orgueil trop longtemps contenus quand dame Gayette arriva sur le rempart.

Derrière elle, le soleil commençait à décliner au-dessus des collines et la nimbait d'un or de légende. Le vent soulevait ses manches, en faisait deux grandes ailes de soie bleutée. Elle était belle autant que les fées des romans de chevalerie contés par les troubadours sur un accompagnement de viole.

Elle avait quitté la table pour dissiper des pensées dont l'animation du festin n'avait pu la distraire. La courtoisie qui métamorphosait les heures monotones des donjons lui assurait la foi du seigneur de Soupex, mais le jeune homme aurait d'autres devoirs désormais.

Ce serait, malgré tout, un partage.

Elle avait cru trouver un peu de solitude, elle surprit une scène de brutalité qui lui déplut.

— Maître fauconnier, pourquoi rudoyez-vous cet enfant ?

— Gente dame, il a enfreint nos lois.

Martin leva les yeux. Elle le reconnut.

— Tu es le garçon au faucon.

Quelques mois seulement avaient passé depuis le jour où elle avait remis le faucon à l'enfant pour remplir la promesse de Guilhem. « Je t'accorderai ce que tu voudras », avait dit bien imprudemment le baron, et le petit diable avait demandé l'oiseau. Il lui sembla que c'était en un autre temps. Une émotion la toucha, qu'elle contint devant cet homme sarcastique obsédé par les rapaces.

Le fauconnier voulut taire les raisons de la haine qui le poussait à se venger d'un humble.

— Il a désobéi en dénichant un hobereau.

— S'il l'a fait, il l'a fait joliment. Je répondrai de lui auprès de messire Guilhem. Celui-ci, d'ailleurs, ne lui a-t-il pas témoigné devant tous de la reconnaissance ?

Un petit bout de nez puis un œil au sourcil froncé sortirent de l'angle du créneau, juste assez pour ne rien perdre de ce qui se préparait. Peirot vit son Martin remercier la dame d'un regard plus éloquent que toutes les paroles puis longer la muraille et disparaître dans l'ombre de la poterne.

Le fauconnier s'éloigna sur un dernier mouvement de colère. Il rejoignait sans doute les oiseaux enchaînés au perchoir, leur parlerait, revivrait avec eux la joie qui l'avait quitté.

Dame Gayette entra dans le verger, derrière la basse-cour. Seule de nouveau et heureuse de l'être, elle se plut à flâner entre les carrés de plantes aromatiques, à s'arrêter, repartir et s'asseoir enfin sur un banc à l'ombre d'un figuier.

Elle s'était assise là, un après-midi du dernier automne. Guilhem Arnal était venu la surprendre. Un valet portait sur son poing le faucon hobereau que le baron lui offrit comme gage courtois. Le « fin'amor » avait fait d'elle une reine enviée de ce coin d'Occitanie. On la regardait avec un respect admiratif, parfois une jalousie qu'elle savourait, assez habile pour ne pas montrer sa satisfaction.

Il lui sembla entendre des pas. Était-ce lui, de nouveau ? Elle évita de se retourner pour faire durer le bonheur de l'attente, pour prolonger une illusion peut-être.

Personne ne vint.

De l'autre côté du rempart, Martin ne perdait pas de temps. Il ôta son surcot et puis ses chausses et entra, nu et résolu, dans l'eau verdâtre. De pierre en pierre, il franchissait la douve, ses vêtements roulés en boule au-dessus de la tête. Il allait atteindre l'autre rive quand son pied glissa dans la vase. Pas une branche où s'accrocher. À peine eut-il la chance de lancer ses habits sur l'herbe et il se retrouva barbotant comme un goret dans la fange.

Si l'heure n'eût pas été aussi grave, Peirot aurait bien ri, mais il n'en fit rien. Pareille mésaventure le guettait lui aussi.

« Au moins, se dit-il, je sais maintenant que ce n'est pas profond. »

Il ne fut qu'à demi rassuré. Lorsque, poursuivi par le chien, il s'était jeté dans la mare, il l'avait accompli en une tentative désespérée pour échapper à la curée. À présent, il devait quitter ces murailles, fuir la longue brûlure sur le visage et sur les mains qui accompagnait le mouvement de la broche.

Calmement, il traverserait la douve. Obstinément.

Martin eut tôt fait de se rhabiller et de lancer un appel. Peirot se hasarda à son tour, tâtant des orteils les blocs de rochers qui dormaient sous l'épaisseur de l'eau.

— Va tout droit, lui recommandait Martin en surveillant sa progression. Ne t'écarte pas !… Pourquoi tu n'as pas enlevé tes vêtements ? Tu aurais dû les enlever… Si tu tombes…

Il ne tomba pas. À peine eut-il un geste maladroit quand il fut près de saisir la main tendue vers lui. Sa chemise fut trempée, mais c'était sans importance. Aurait-on donné le nom de chemise à la loque trop grande qui l'enveloppait ? Mouillée et froide, elle se plaqua sur son dos aux omoplates saillantes. Des franges d'écume brune la festonnaient pitoyablement. Ou joyeusement, car Peirot ne boudait pas sa joie en se voyant hors du château.

— Filons !

Ils s'envolèrent. Ils coururent au bas de la colline, traversèrent des guérets[1], coupèrent par des brandes[2], longèrent des haies. Sans une halte pour souffler. Sans même ralentir la galopade qui les rendait à la liberté. Un petit bois leur offrit le flanc d'un talus où croissait l'herbe nouvelle, ils le refusèrent. Après le petit bois, ils suivirent le ruisseau, passèrent d'une rive à l'autre sur un tronc de peuplier abattu pour servir de pont, et ils ne s'arrêtèrent qu'une fois arrivés à la forêt. Ils avaient rejoint leur domaine.

— Asseyons-nous, ordonna Martin. Que je t'explique !

1. Terrains labourés.
2. Étendues de bruyères.

Du plongeon dans la douve nauséabonde ils ne conservaient aucun reste de fraîcheur. Le silence qui les entourait après les pipeaux de la danse et les menaces rageuses du fauconnier remit de l'ordre dans leur précipitation. Ils étaient fatigués, ils sentaient mauvais, chacun, au fond de lui-même, se demandait comment la fugue se terminerait, mais le vent murmurait au-dessus d'eux et le château, frappé par le soleil couchant, ne les menaçait que de loin.

— Il y a quelque temps de cela, je fuyais, moi aussi, reprit Martin. Les gardes étaient sur mes talons. J'ai passé plus d'un soir à la belle étoile. Et puis, j'ai sonné à la porte du monastère.

— Il est où, ce monastère ?

Martin indiqua une direction au creux des coteaux, dans la verdure de la forêt.

— Tu as entendu parler du droit d'asile. Tout le monde, ici, sait de quoi il s'agit. Plusieurs d'entre nous, au village, en ont profité un jour ou l'autre. On est vite poursuivi et condamné.

Parce qu'il était plus jeune et surtout parce qu'il n'avait eu guère de contacts avec les hommes depuis qu'il vivait dans les bois, Peirot n'en avait jamais entendu parler.

— Je ne me souviens pas très bien, préten-
dit-il pour ne pas paraître ignorant. C'est un peu
comme…

Martin, avec générosité, lui évita de s'enfer-
rer plus avant.

— On t'accuse, tu te sauves. Si tu entres
dans un monastère, dans une église aussi, ou si
tu te tiens près d'une croix au bord du chemin,
personne n'a le droit de te prendre.

— Personne?

— Personne, je te l'assure. Si tu entres au
monastère…

— Je ne veux pas me faire moine!

— Qui t'oblige à te faire moine? Tu me
coupes toujours la parole! J'arriverai jamais à
t'expliquer jusqu'au bout.

— Vas-y, continue!

— Les moines ne te poseront pas de questions. Ce que tu as fait, ça ne les regarde pas, ce
n'est pas leur affaire. Et tu t'en iras dès que tu en
auras envie.

— Vrai?

La défiance de Peirot commençait à l'agacer.
Il se leva avec une brusquerie qui trahissait son
mécontentement.

— Si tu ne me crois pas, tu n'as qu'à te dé-
brouiller tout seul.

— Je te crois, Martin, je te crois ! Mais…

— Mais quoi ?…

Le pauvre petit garçon des bois qui avait affiché si souvent une agressivité et un courage qu'en réalité il ne possédait pas fut pris de panique à l'idée d'être abandonné une nouvelle fois.

— Je peux te le dire maintenant, je n'ai pas passé un jour en forêt sans me sentir mort de peur. Et la nuit, alors ! Je tremblais tout le temps. J'aurais donné n'importe quoi pour parler avec quelqu'un.

Il refoulait à grand-peine au bord des lèvres un aveu qu'il finit par lâcher.

— Quelquefois, j'ai pleuré.

Les larmes n'étaient pas loin, de nouveau. Il se frotta le nez du revers de la main pour les contenir, honteux de montrer sa faiblesse à celui qui paraissait avoir tant d'assurance. Martin le réconforta.

— Moi aussi j'ai pleuré. Souvent, même. Les larmes, c'est pour aider dans les mauvais moments. Après…

Il était très sérieux, convaincu de ce qu'il disait.

— Après, faut voir ce qui reste à faire.

Peirot hocha la tête avec une résignation un peu forcée.

— Tu as raison, dit-il. Allons au monastère.

Ils s'étaient remis en route, les yeux au sol et traînant les pieds. Peirot eut un dernier doute :

— Tu es sûr qu'ils ne me garderont pas ?

10

Le monastère

Comme tous les ans à la même époque, frère Vincent attendait la floraison des bourraches et les premières pousses du fenouil. Il était chargé de la laiterie ainsi que de l'approvisionnement en simples [1] pour soigner moines catarrheux et voyageurs trempés de pluie.

Il ne sortait que rarement et tenait à faire une fête de cette escapade, fort innocente du reste, car il était un saint homme.

L'étable renfermait une vache et trois chèvres. À tour de rôle, chacune d'elles prenait part à l'événement régi par le rythme des saisons. Ce jour-là,

1. Plantes médicinales.

ce fut une biquette noire au sabot aigu, aux cornes étrangement recourbées.

« Étrangement, oui, se disait frère Vincent en la regardant avec une défiance qui le tourmentait, lui que si peu de questions préoccupaient. Je me demande si le Malin ne loge pas dans ce crâne dur toujours prêt à cogner. Et cette façon qu'elle a de ne suivre jamais que sa fantaisie ?… »

Il aimait la petite chèvre mais elle l'effrayait. Pour déjouer les manœuvres obscures de Lucifer, il l'avait appelée Luluci. Un diminutif qui

prouvait bien au démon qu'on n'avait pas peur de lui. Du moins en apparence.

Les autres pensionnaires de l'étable le suivaient quand il herborisait, ou broutaient une feuille ici, une fleur là, en braves bêtes de monastère qui savaient que la gourmandise est au nombre des sept péchés capitaux et qu'il ne convenait pas de s'y abandonner.

Luluci, non.

Elle disparaissait dans les friches, grimpait aux arbres, ne tenait compte d'aucune réprimande. Frère Vincent avait dû se résoudre à la tenir au bout d'une longe, ce qui s'avérait fort incommode pour cueillir la marjolaine ou l'origan.

Le grand air enivrait frère Vincent. Pendant que Luluci tirait sur la corde avec l'intention de l'entraîner plus loin, il ne se lassait pas de contempler la ligne des coteaux, le chemin qui s'en allait Dieu savait où, vers des pays auxquels, dans l'espace fermé qui était le sien, il ne pensait jamais. Le vent faisait chanter la forêt. Des nuages accouraient. À l'intérieur des murs, on ne voyait pas les nuages gonfler ainsi sur l'horizon, et remplir le ciel, et passer, et partir...

Où partaient donc les nuages ?

Un vertige le prenait. La campagne était trop vaste pour lui, il s'y perdait. Il était entré enfant au monastère. Ses parents l'avaient voué à la vie monacale dans l'espoir qu'en devenant clerc il sauverait du feu de la damnation leurs âmes et celles de ses frères et sœurs. Et puis cela faisait une bouche de moins à nourrir. Ce dernier calcul, avec sa simplicité native, il ne se le disait pas, et si l'idée malgré tout lui venait parfois, il la repoussait d'un sourire. Il avait appris le silence, le travail patient, la prière tranquille, si bien qu'après avoir goûté à la liberté qu'offrait le monde extérieur il était toujours content de retourner à la sécurité du couvent.

— Luluci, nous rentrons ! Tu n'as pas assez vagabondé, friponne ?

Elle se moquait des appels depuis que, d'un écart sec, elle avait fait filer la corde entre les doigts de son maître. Le moine s'essoufflait à suivre la méchante peste. Elle, finaude, savait l'éloigner de l'étable où il lui faudrait renoncer à l'indépendance.

Il prenait tous les saints à témoin des mauvaises intentions de sa chèvre. Presque, il aurait tempêté contre elle si la colère, comme la gourmandise, n'avait pas été au nombre des péchés qu'on lui avait appris à s'interdire. Il eut recours à la persuasion.

— Viens, ma mignonne. Belle !... Belle !...
Doucement !...

Elle lui apparaissait noire et laide comme
l'enfer à force de malignité. De la douceur elle
n'en avait pas une miette. Et il trottait toujours
après avoir posé son panier dans l'herbe.

Deux jeunes garçons sortirent du bois juste
comme la chèvre y entrait. Le plus grand mit un
pied sur le bout de la corde. La diablesse eut beau
tirer, sauter, se démener, elle finit par se rendre.

— Dieu soit loué ! exulta le moine qui dépensa ce qu'il lui restait de souffle pour accourir.

— Bonjour, frère Vincent. Vous me recon-
naissez ?

Il fallut au gros homme un temps de réflexion.

— Oui, oui, bredouilla-t-il en oubliant qu'il
était sur le point d'ajouter le mensonge aux sept
péchés capitaux.

La mémoire lui revint subitement, et la
démangeaison de mentir, après l'avoir effleuré,
s'éloigna.

— Mais oui ! s'écria-t-il, heureux de se souvenir. Je vous reconnais. Vous êtes le petit garçon
qui m'a aidé à mouler les fromages ! C'était en
octobre ou novembre.

Martin, surtout devant Peirot, crut bon de rectifier :

— Pas si petit que ça !

Frère Vincent avait repris son sourire et l'envie de parler dont la règle conventuelle le privait.

— Je savais bien que la vocation vous toucherait. Je vous l'avais dit. Et voici que vous venez, à présent. Non ! Non ! Ne protestez pas. Les voies de Dieu sont impénétrables !

En entendant ces paroles, Peirot fut sur le qui-vive. Il avait eu raison d'hésiter. Martin, très à l'aise, expliquait le but de leur arrivée.

— Ce n'est pas pour moi que je demande asile aujourd'hui, frère Vincent, c'est pour lui, précisa-t-il en se tournant vers Peirot.

— Il a encore déniché un faucon ?

— Pas du tout !

Le moine regrettait déjà sa curiosité contraire aux prescriptions du droit d'asile et ne poussa pas l'interrogatoire plus avant. Il tenait sa chèvre fermement, il avait récupéré son panier, sa laiterie n'était pas loin. La vie redevenait facile.

— S'il sait traire une vache et tamiser du lait caillé, il m'aidera dans mon étable. Allons avertir le frère portier.

Peirot était redevenu inquiet quand, moine et chèvre en tête, ils partirent à travers la lande.

Lorsque l'entrée du monastère apparut, entourée de grands arbres, il s'arrêta, repris par le besoin de s'enfuir. La porte armée de ferrures, les murs qui cernaient des bâtiments dont on n'apercevait que les toits, le petit clocher de la chapelle se hissant avec peine plus haut que l'enceinte, au lieu de lui apporter une impression de sécurité, avaient l'air de le menacer.

Martin lui posa la main sur l'épaule.

— Tu vas rester là pendant quelques jours, le temps qu'ils te remplacent aux cuisines et qu'ils t'oublient. Ils t'oublieront vite. Tout le monde n'est pas comme le fauconnier.

— Le seigneur, il ne va pas me prendre en chasse avec son chien, tu crois ?

— Messire Guilhem n'est pas méchant, il est seigneur, voilà tout. Si les broches tournent, il se moquera bien de savoir qui les fait tourner. Par contre, Corbeau et La Violette, eux, s'ils remettaient la main sur toi... Mais Corbeau ne va jamais en forêt, il est trop paresseux et trop malin. Crois-moi, il ne s'en donne pas la peine.

— Tu dis ça pour me rassurer.

— Non. Bientôt tu pourras partir.

Ce fut au tour de Martin de s'attrister.

— Tu iras où ?

— Dans d'autres forêts.

— Et tu auras encore peur.

— Oui.

— Tu auras faim.

— Oui.

— Et froid.

Le petit ne cacha pas combien il y pensait, lui aussi. Il exhala un soupir :

— Oui.

Et ce mot, tout court, tout étouffé, qui ponctuait chacune des misères annoncées, faisait pareillement mal aux deux enfants. Ils butaient contre lui, Martin cachant son désarroi devant une situation sans issue, Peirot ballotté entre abattement et espoir.

Le frère portier les conduisit dans la salle des voyageurs. Quelques lits de planches occupaient un côté, chacun avec sa paillasse et sa couverture brune. Sur l'un d'eux, une besace était posée, indiquant que Peirot aurait de la compagnie au moins pour une nuit. Martin la remarqua. Elle ne lui était pas tout à fait inconnue.

— Je ne peux pas rester, mais je reviendrai demain, dit-il. Sois patient, ne t'inquiète pas. Nous trouverons une solution.

Il y croyait de moins en moins. Lâcher Peirot dans ce dortoir austère le chagrinait. Il en retarda le moment.

— Allons à la laiterie de frère Vincent, pro-
posa-t-il d'un ton faussement enjoué. Tu verras
ses bêtes.

Les moines, peu nombreux, avaient tous une
occupation. Ils s'y adonnaient avec des gestes
mesurés, l'esprit absorbé par ce qu'ils faisaient.
Les deux garçons ne se sentaient nullement sur-
veillés.

En longeant le cloître, Martin aperçut un
homme assis sur un banc de pierre, perdu dans
une profonde méditation. C'était le pèlerin dont
il avait reconnu la besace.

— Reste là, ordonna-t-il à Peirot. Ne te
montre pas.

D'un pas décidé, il sortit de l'ombre et alla
vers l'homme. Celui-ci recomposa aussitôt son
visage.

— Bonjour, dit Martin. Je vous pensais loin
d'ici.

— Je devrais être parti, en effet, mais je
retarde de jour en jour mon départ. Le cœur n'y
est plus.

— Vous restez encore longtemps ?

— Je pars demain.

L'homme était toujours avide de parler.
Le silence du monastère lui apportait un répit
avant d'affronter de nouveau les difficultés de la

pérégrination et la lourde solitude d'une marche imposée. Il s'était inventé des raisons de différer son départ, tout en sachant que l'hospitalité des moines ne saurait durer.

— J'espérais trouver ici un autre pèlerin qui aurait accepté de cheminer avec moi.

Martin leva un index impérieux pour l'arrêter. Une idée venait de surgir en lui. Comment n'y avait-il pas pensé tout de suite ?

— Espérez !

Il alla chercher Peirot qui se tenait docilement derrière son pilier. Tel un grand frère protecteur, il lui entoura d'un bras les épaules et le conduisit auprès de l'homme. Sans rien lui dire. Le petit était trop triste et inquiet pour opposer la moindre résistance.

— Lui aussi doit partir.

— Où va-t-il ?

— Où vous irez.

Le pèlerin considéra avec une attention méfiante la pauvre créature qu'on lui présentait. Elle n'avait pas bonne mine, était maigre et souffreteuse, perdue dans des haillons qui devaient avoir traversé bien des intempéries. Le regard surtout frappait au premier abord, un regard de louveteau traqué.

— Où sont tes parents ?

Peirot secoua la tête, trop surpris encore par la proposition de Martin pour répondre.

— Ils sont ?…

« Oui », fit la tête de Peirot en un mouvement sec qui demandait de ne pas insister sur ce point.

— Il vous racontera plus tard, affirma Martin avec conviction. Jusqu'à maintenant, il vivait dans les bois. Il est très débrouillard, vous savez. Il vous sera utile si vous l'emmenez !

On n'emmène pas un enfant, même un enfant des bois, sans prendre quelques assurances.

— Es-tu serf ?

Peirot, à cette question, perdit de sa réserve.

— Non ! dit-il avec une vigueur de ton inattendue. Mon père l'était. Il est mort.

— Il appartenait à ce château ?

— À un autre… Loin… Vers là-bas.

— Alors tu es libre ?

— Oui. Mais le seigneur d'ici veut me garder pour tourner ses broches, et moi, je ne veux pas.

— Tiens, pourquoi ?

— Parce que je ne veux plus habiter dans une maison.

— Même pas dans un château ? Tu m'as l'air d'un drôle de petit bonhomme.

Par les temps qui couraient où la misère étendait ses ravages sur de nombreuses contrées qu'il avait traversées, le pèlerin en avait vu de ces enfants mendiant dès qu'apparaissait un étranger, chapardant pour survivre, malins et effrontés ou bien apeurés. Celui-ci était différent et l'autre bien sérieux en s'évertuant à le placer pour le préserver d'une faim perpétuelle. Ils avaient sûrement inventé toute cette histoire.

Les paroles de son confesseur du Puy-en-Velay s'imposèrent, nettes comme au jour où elles furent prononcées.

« Il vous faudra donner beaucoup pour recevoir le pardon en retour. »

Quel genre de don l'homme de Dieu sous-entendait-il dans l'obscurité de la cathédrale ? Le pénitent avait déposé une bourse sur le maître-autel et cru ses obligations remplies de ce côté-là. Le chemin de Compostelle lui montrait à présent qu'il pouvait en être autrement.

— Nous avons toute la nuit pour réfléchir, dit-il. Nous verrons demain.

Martin ne pouvait rester plus longtemps au monastère. Les siens rentraient à l'heure de la soupe partagée. S'il jouissait d'une grande liberté que son travail de fagotier justifiait, il avait cependant des obligations à respecter. Le père n'aurait pas admis qu'il fût absent aux repas.

— Je reviendrai demain avant ton départ, promit-il à Peirot qu'il devinait toujours en proie à l'anxiété.

— Si je pars.

— Mais oui, tu partiras. Aie confiance. Quelque chose me dit que tu partiras.

Ils s'accordèrent encore le temps de faire le tour du cloître. La paix qui y régnait finit par atténuer leurs soucis. Ils se taisaient. Parler n'était pas nécessaire.

De loin en loin, ils jetaient un coup d'œil vers l'homme assis sur son banc et comme étranger au petit univers clos qui l'entourait. À quoi pensait-il, lui ?

Martin rompit le silence :

— Il a peur que tu veuilles quitter ta famille ; il ne nous a pas crus, mais nous le convaincrons.

Quand le frère portier entrebâilla le lourd battant et fit sortir Martin, Peirot faillit se glisser au-dehors, lui aussi, pour retrouver l'angoissante liberté de la forêt.

Des aboiements venus du fin fond de la campagne le retinrent. La porte se referma.

Pendant le repas du soir pris en tête à tête à la table des voyageurs, le pèlerin fut taciturne.

À l'autre bout du réfectoire, les moines mangeaient et ne disaient mot, eux non plus. Les
gestes, toujours les mêmes, leur suffisaient. La
cruche de vin coupé d'eau passait de main en main
sans qu'ils eussent à la demander. Les tranches
de pain bis dans la corbeille et les portions de
fromage sur une écuelle de bois, scrupuleusement
comptées, n'admettaient pas de discussion.

Peirot se sentait perdu, tout entier pris par l'incertitude du lendemain.

Aux dernières lueurs du crépuscule, il fallut se coucher, aucune chandelle n'étant mise à la disposition des hôtes de passage. L'homme, étendu sur son lit, doigts croisés sous la nuque, ne parvenait pas à s'endormir comme les soirs où, après une journée de marche, le sommeil venait le délivrer. Il ne bougea pas lorsque Peirot entra, mais il remarqua que l'enfant choisissait un coin pour dormir à même le sol.

L'obscurité, peu à peu, les enferma chacun dans sa nuit.

11

La forêt

L'aube naissait à peine lorsque Martin se réveilla. Aussitôt des appréhensions l'assaillirent. S'il était trop tard ?... Si l'homme était parti ?... S'il avait emmené Peirot ?... S'il ne l'avait pas emmené ?...

La fraîcheur du matin remit de l'ordre dans la bousculade. Il aimait cette heure qui lui paraissait riche de promesses. Tout devenait possible au soleil levant. La nature se faisait accueillante après son repli sur la nuit, lourd de mystère et d'insécurité. L'air avait un parfum de pureté neuve qui ne subsistait pas avec le labeur de la journée.

Le village dormait, noyé de brume grise. Pas la moindre fumée au-dessus des toits de chaume. Le château n'était qu'une masse inerte refermée sur elle-même. Le veilleur ne veillait pas sans doute, assoupi dans la tour de guet.

Selon son habitude, Martin aurait goûté l'heure matinale si ce jour-là avait été un jour comme les autres. Des pressentiments lui revinrent vite, qu'aucune douceur ne réussit à dominer. Il pressa le pas, son trouble croissant à mesure qu'il se rapprochait du monastère. Quand il y arriva, son cœur s'arrêta de battre.

La porte était entrebâillée.

Jamais il ne l'avait vue ainsi. D'ordinaire, le frère portier la refermait dès qu'un visiteur était entré ou sorti. La grosse pièce de bois qui la barrait était toujours replacée avec soin.

Et ce matin…

Il en oublia de tirer la chaîne de la cloche et se glissa dans l'étroit passage.

— Bonjour, frère Gaudéric. Quelqu'un vient de partir ?

— Non.

— La porte est ouverte.

— C'est que messire Guilhem Arnal doit venir.

— Quand ?

— Nous ne le savons pas. Alors je garde la porte entrouverte.

— Il a dit pourquoi il venait ?

162

— Le cloître est un lieu où l'on peut réfléchir avant de prendre une décision importante. Notre jeune seigneur a peut-être besoin d'un temps de réflexion.

Le souci de Martin redoubla. Si le baron arrivait sans que le pèlerin fût parti et s'il surprenait Peirot, tout deviendrait plus compliqué.

Lorsqu'il pénétra dans le réfectoire, il vit ceux qu'il cherchait attablés. Ils mangeaient, indifférents l'un à l'autre. Qu'avaient-ils décidé à leur réveil ? Il attaqua :

— Vous partez ?

— Oui.

— Tous les deux ?

L'homme finit son écuellée de soupe.

— Ce n'est pas possible, affirma-t-il en reposant la cuiller.

Comme Martin restait sans voix, il poursuivit :

— Qui me dit que ce morveux n'a pas de famille, qu'on ne va pas m'accuser de l'avoir enlevé ?

— Moi !

— Tu es un enfant toi-même. Puis-je me fier à toi ?

Martin puisa dans l'air malheureux de Peirot la force de continuer à se battre.

— Je n'ai pas tout compris, mais je n'ai pas oublié ce que vous m'avez raconté au bord de la fontaine. Vous vouliez un compagnon de route. Vous l'avez, et vous ne le voulez plus maintenant ?

— Je voudrais bien, mais je ne le peux pas.

— Il est tout seul. Ses parents ont été tués, ses frères aussi, son village a brûlé. Il a vécu dans les bois. Tout seul ! Tout seul ! Pourquoi vous ne me croyez pas ?

— Parce que je ne dois pas te croire.

Martin sentit monter en lui une colère impuissante.

— Viens, Peirot. Pas la peine d'insister. Tu resteras avec frère Vincent le temps qu'il faudra, si on veut te garder ici. Lui, au moins, ne se posera pas de questions.

— Quittons-nous cependant bons amis, proposa le pèlerin en prenant sa besace et son bourdon. Je regrette de ne pouvoir faire ce que tu me demandes.

Il paraissait sincère.

— Mmm ! acquiesça Martin, un peu à contre-cœur.

Pour montrer qu'il ne lui en voulait pas, il appela Peirot et ils accompagnèrent le pèlerin jusqu'à la sortie du monastère.

Frère Gaudéric ouvrait toute grande la porte devant Guilhem qui entra à cheval. Il était seul, négligemment vêtu d'un surcot de grosse laine qui n'avait pas connu la teinture. Ses cheveux flottants encadraient les joues bleuies d'une poussée de barbe brune. Oublié, le beau seigneur à la robe rutilante de velours gris. Le cavalier avait la couleur des terres de son fief brûlées par le soleil, âpres quand l'été les consumait.

Il resta en selle, le visage fermé, rejetant l'envie que l'on eût pu avoir de s'informer des raisons de son arrivée au petit matin. On aurait dit qu'il s'était échappé, lui aussi, d'une tourmente. Le monastère apparemment se faisait une fois de plus refuge pour lui accorder une solitude secrète, l'espace d'un moment.

Les moines, lâchant leur ouvrage, accouraient, pressés de saluer le protecteur de la communauté. Ne manquait que frère Vincent en train d'égoutter sans doute du lait caillé à l'écart dans son petit domaine et qui devait avoir oublié la visite annoncée.

— Ah ! Te voilà ! lança Guilhem en apercevant Martin.

Son visage s'éclaira, retrouvant toute sa jeunesse.

— Aurais-tu vocation de clerc subitement ?

— Non, messire. Fagotier je suis pour vous servir et content de l'être. Mais j'ai une grâce à vous demander.

— Encore ! Tu finiras par exiger mon castel si je n'y prends pas garde !

— Ce n'est pas pour moi que je vous la demande.

— De quoi s'agit-il ?

Peirot et l'homme se tenaient en arrière, confondus devant l'audace du jeune serf debout, le menton levé vers son seigneur en selle sur un beau cheval noir. Les moines croisaient les

doigts dans la bure de leurs manches. Frère Gaudéric, adossé à l'huis, ne savait plus s'il devait le refermer.

— Il voudrait partir, reprit Martin en désignant Peirot d'un geste. Et ce pèlerin voudrait l'emmener. Messire, accordez-leur l'autorisation, je vous prie. Vous trouverez quelqu'un d'autre pour tourner les broches.

— Je l'ai trouvé hier soir, quand il a fallu rôtir de nouvelles viandes, au milieu du repas.

— Il n'y en avait pas assez ?

La franchise de cet enfant était toujours étonnante. D'où venait qu'on ne résistait pas à ses reparties ?

— Eh non ! Nos invités avaient grand appétit. Je ne veux pas que cela se reproduise. Plus de jeunot aux broches !

Martin osa poser la question qui l'intriguait :

— C'est qui, messire ?

— Corbeau. Le diable d'homme est toujours à traîner aux cuisines sans rien faire. Il tournera les broches, et sa femme aura de bonnes raisons de fulminer contre lui.

— Alors Peirot peut partir ! Messire, je vous en prie, dites à ce pèlerin que vous l'avez trouvé dans les bois en chassant, qu'il était seul comme

167

un garçon sauvage et que vous l'avez ramené au château !

La joie lui donnait toutes les hardiesses.

— C'est exact, répondit Guilhem Arnal en s'adressant au pèlerin. Où vas-tu ?

L'homme fit trois pas vers le cavalier.

— Je vais à Compostelle, seigneur, pour l'expiation de mes péchés.

— Emmène-le, je te le donne. En compensation, car tu m'enlèves un serf, tu intercéderas pour moi auprès du bon saint Jacques. Comme tout le monde, j'ai mon âme à sauver.

— Messire, je vous suis doublement redevable. Vous consentez à m'accorder un compagnon de route et, de plus, en pensant à votre salut, je penserai moins au mien. Ce sera sûrement une meilleure façon de les obtenir l'un et l'autre.

Pour la première fois, l'homme et l'enfant croisèrent leurs regards qui n'étaient plus emplis de méfiance ni d'espoir inquiet. Le pèlerin prit la mesure de cette jeune vie qui s'attacherait à ses pas, à laquelle il devrait protection et qui, en retour, lui serait une aide.

— Je ne t'ai pas demandé comment tu t'appelles. Ton camarade l'a dit tout à l'heure, mais je n'y ai pas prêté attention.

— Peirot.

— Peirot. Petit Pierre. Que celles des chemins ne soient pas trop dures pour toi ! Le pays de Galice doit être loin encore.

Il y avait dans ce souhait formulé avec un accent cordial une paix que l'affligé du Puy-en-Velay avait désespéré de trouver.

— Je suis très fort, vous savez ! se défendit Peirot. Je ne traînerai jamais.

Le premier sourire. L'homme le sentit naître en lui, ne le retint pas.

— Je te crois, dit-il en essayant de comprendre cette joie éprouvée soudainement.

Peirot redevenait le garçon déluré qu'il avait été avant que le malheur ne le frappât.

— Je vous ai dit mon nom, mais vous, comment je dois vous appeler ? Il faut bien aussi que je connaisse le vôtre !

Depuis l'ombre du confessionnal, le pénitent ne l'avait plus prononcé. Il était celui qui arrivait, échangeait quelques mots, recevait le pain de la charité et repartait, gardant l'anonymat qui le coupait des autres et l'enfermait dans l'obsession de sa faute.

Un enfant à la mine fiévreuse, avec une belle assurance venait de le sortir de cette manière d'être. Après une hésitation qui le bridait toujours et qu'il se reprocha, il s'entendit répondre :

— Je m'appelle Matthias.

Un temps de silence et puis, afin d'anéantir ce qui restait en lui dont il ne voulait plus, il dit fermement :

— Matthias Lefabre.

Pour ne pas les gêner, Martin baissait la tête et se taisait.

Il marcha avec eux jusqu'à l'endroit où le chemin sortait de la forêt. Là, il fallut se séparer. Cela se fit très vite. Matthias comprit qu'il devait laisser les enfants seuls un instant. Il se tint à distance, appuyé sur son bâton.

— Adieu, Peirot.

— Adieu, Martin.

— Tu ne reviendras pas sans doute.

— Non. Sans doute pas.

— Je suis content pour toi.

Ils ne savaient comment se quitter. Les mots leur manquaient.

— Tu ne m'oublieras pas ? bredouilla Martin convaincu pourtant que c'était la question à ne pas poser.

— Non.

— Je voudrais… Je voudrais te donner

quelque chose pour que tu ne m'oublies pas. Mais quoi ? Je n'ai rien.

Très vite, une lueur volontaire dans l'œil tenta de vaincre une résistance toujours possible qui aurait entraîné ensuite un regret irréparable.

— Si ! J'ai quelque chose !

Il n'ajouta pas que c'était ce qu'il avait de plus précieux quand, d'une main qui ne tremblait pas, il ôta de son cou le grelot d'or suspendu au lacet de cuir.

— Tiens, c'est pour toi !

Le petit, en retenant ses larmes, allait protester, dire que ce n'était pas possible, qu'il ne devait pas.

— Va ! Va ! coupa Martin avec une précipitation qui le rendait pitoyable malgré ses efforts pour se dominer.

Un mot de plus et il aurait perdu tout courage.

Il les regarda s'éloigner. Il espérait que Peirot se retournerait une fois, rien qu'une fois. Il les vit diminuer, disparaître derrière un bouquet d'arbres, reparaître. Ils n'étaient déjà plus à portée de voix. Ils diminuaient encore.

Alors que la dernière boucle du chemin allait les absorber, Peirot se retourna.

— Lui, on ne me l'a pas pris comme mon faucon, articula Martin avec force. C'est moi qui ai voulu qu'il parte.

La forêt lui restait. Il s'y enfonça avec une tristesse rageuse qu'il épuisa en un long vagabondage. Tout lui parlait de Peirot. Quand il se rendit compte qu'il se dirigeait malgré lui vers la fontaine, il prit le premier sentier venu qui l'en écarterait. Ses pas le conduisirent à l'orée. Il y avait une mare argileuse avec un pin dressé sur son bord. À la plus haute branche, l'ancien nid de pie demeurait.

On était au temps où les jeunes oiseaux s'essaient à leur première envolée. Martin entendit un bruit d'ailes. Il leva les yeux, assez promptement pour voir un faucon s'élancer.

Table des matières

Si tu as aimé ce roman,
tourne la page
et découvre vite un extrait de

L'homme qui a séduit le Soleil

1661. Quand Molière sort de l'ombre...

de Jean-Côme Noguès

Paris, 1661

1

Le Pont-Neuf

GABRIEL aurait voulu dormir encore, mais, en bas, dans sa cuisine au ras de l'eau, la mère Catoche n'avait pas attendu le point du jour pour se lever. Le garçon se retourna sur son grabat, écoutant la vie qui reprenait aux deux étages de la masure. Il reconnaissait les voix, les appels de l'un, les protestations de l'autre, le ronchonnement habituel de Matoufle. Et puis il y eut un rire en cascade, des bribes de chanson lancées sur un ton joyeux. C'était Amapola qui s'éveillait. La mauvaise humeur de Matoufle en fut augmentée.

« Comme tous les matins », se dit Gabriel.

Il occupait un réduit sous les toits dont le seul avantage était qu'il ne le partageait avec personne, si ce n'était avec les rats. Une fois tiré de son sommeil, il l'abandonnait sans regrets.

— Alors, Matoufle, la vie est belle aujourd'hui ?

— Y a longtemps qu'elle a fini d'être belle, la vie !

Le vieux chiffonnier descendait l'escalier aux marches branlantes, un crochet dans la main droite, un sac sur l'épaule, grognant à chaque pas.

— Maudite jambe ! Va falloir la tirer jusqu'à ce soir !

À une fenêtre du premier étage, une jeune fille chantonnait en contemplant la Seine et en peignant sa longue chevelure brune.

— Bonjour, Amapola ! lança Gabriel.

Elle lui jeta un regard qu'elle accompagna d'un sourire, tout en continuant de chanter.

À l'entrée de la cuisine, les difficultés allaient commencer. La logeuse fourgonnait dans la cheminée, un tas de menu bois à côté d'elle pour ranimer le feu. Lorsqu'elle se redressa, elle soutint ses reins qui la faisaient souffrir comme, disait-elle, ce n'était pas possible de souffrir, rajusta d'une main impatiente son maigre chignon défait et, grognonne par profession, apostropha Gabriel.

— Ah ! te voilà, toi ! Je parie que tu vas me demander une jatte de lait !

— Tout juste !

— Et pourquoi pas aussi un quignon de pain ?

— Et pourquoi pas ?

— Et avec quoi que tu vas me payer ?

Gabriel prit un escabeau et s'attabla sans la moindre hésitation, clouant son regard aux allées et venues de la grosse Catoche.

— Ce soir, j'aurai gagné assez pour te payer, rassure-toi. S'il le faut, je resterai sur le Pont-Neuf jusqu'à ce qu'il devienne vieux.

Elle ne lui résistait pas longtemps, il le savait. Enfant sans famille, il en avait trouvé une, en quelque sorte, dans cette maison où vivotaient des miséreux qui, pour la plupart, n'espéraient même plus des jours meilleurs. La nuit le ramenait, sur la berge envasée, à la masure ancrée au bord du fleuve comme une barque pourrissante, où d'autres vies se réchauffaient devant un feu de planches trouvées dans les décombres et un bol de lait bourru.

Seulement, de temps en temps, le moins souvent possible, il fallait payer sa part de la dépense.

Le chiffonnier vint s'asseoir à l'autre bout de la table. Il sortit de son habit un long couteau qui lui était un compagnon des jours l'un après l'autre voués à la recherche de trésors monnayables. Les mains posées à plat sur le bois tailladé, taché de vin et de gras, il attendit, se refusant à gaspiller encore des mots puisque l'hôtesse n'ignorait pas ce qu'il voulait.

Elle déposa devant lui une écuelle de soupe épaisse et tout fut comme le vieil homme le souhaitait. Ce qui, pour autant, ne lui rendit pas une bonne humeur définitivement perdue.

— Dis donc, Matoufle, t'as vu ma chemise ? attaqua Gabriel quand il estima, non sans risque d'erreur, que le chiffonnier avait fini de manger. Bientôt, on n'y verra plus que les trous, tellement elle est déchirée. Et de quoi j'aurai l'air ? Tu pourrais pas m'en trouver une autre ?

— Va savoir !

Matoufle ne voulait pas s'engager, mais le garçon comprit qu'il aurait bientôt une nouvelle chemise. Certes, elle ne serait pas neuve, mais elle ferait une saison et, comme l'été approchait, un souci, ainsi, s'en allait.

La chanson d'Amapola dégringola l'escalier. Un jupon rouge tourbillonnant entra dans la salle, un coquelicot joyeux qui lança à la cantonade :

— Bonjour tout le monde !

— Atch ! fit Matoufle sans cacher son irritation.

Rejetant l'assiette au fond de laquelle ne restait rien de la soupe, il se leva et sortit de son pas traînant mais inépuisable. Gabriel profita du remue-ménage pour s'éclipser à son tour.

Quand il fut dehors, la vieille maison, si vieille qu'elle menaçait de s'écrouler dans le fleuve, fut oubliée, et les rats du grenier, et la promesse de payer le soir même la mère Catoche. Il allait, le long de la rive, vers le Pont-Neuf. Au fil de la marche, il devenait un autre, léger, bondissant, le sourire aux lèvres, le cheveu en bataille et l'œil pétillant.

Le mois de mai accrochait de jeunes feuillages aux branches des arbres sur la berge. Des bateaux remontaient le courant, tirés par de robustes chevaux à la croupe tendue par l'effort. Les lavandières tapaient du battoir avec entrain. Une journée commençait, qui promettait d'être belle. De quoi serait-elle faite ? On verrait bien !

Le Pont-Neuf, lorsque Gabriel y arriva, était déjà occupé par les baladins et les bonimenteurs. On s'y disputait ferme pour obtenir ou conserver une bonne place. S'il y connaissait tout le monde, le garçon n'y avait pas que des amis.

— Encore toi ? lui lança un grand escogriffe habillé de jaune et de vert, avec des clochettes à son chapeau.

— Est-ce que je ne dois pas gagner ma vie, moi aussi ?

— Va la gagner ailleurs !

Prudent, Gabriel n'insista pas. Il lui fallait souvent œuvrer des poings pour conquérir un petit carré de pavés à l'entrée du pont. En retour, il recevait quantité de coups qu'il essayait, autant que possible, d'éviter.

Les passants et les badauds n'étaient pas encore nombreux, aussi chacun s'installait-il en prenant son temps. Un jongleur s'exerçait au maniement de torches enflammées. Jambes écartées pour assurer l'aplomb nécessaire, visage impassible, toute la mobilité contenue dans les bras et les épaules, il se concentrait sur le feu qui montait et descendait au-dessus de sa tête. Il n'avait pas besoin d'aide. Gabriel passa sans s'arrêter.

Un peu plus loin, un homme disposait sur un étal des sachets fermés d'un cordonnet et des petits pots de terre cuite bouchés par un tampon de liège. L'individu intriguait Gabriel, qui aurait voulu l'aborder mais n'osait le faire. Il était grand et maigre, avec un visage long qui exprimait une gravité dont, visiblement, il ne cherchait pas à se départir.

Le pont commençait à s'animer en un brouhaha joyeux, un va-et-vient incessant, mais il ne fallait pas s'y tromper. Au-delà des rires et des appels, des cris et des chansons de rue, les unes gaies, les autres tristes désespérément, c'était la lutte pour la vie qui se jouait sur les arches de pierre. Le mendiant était mal vu parce qu'il apportait sa décrépitude à la joie pourtant factice qui interpellait le passant. On le chassait avec des gestes brusques et des mots violents, sans pitié, tandis que les tire-laine flânaient, apparemment insoucieux, l'œil à l'affût, occupés à ne pas laisser s'échapper sans rien essayer une escarcelle [1] bâillante ou un sac entrouvert.

1. Grande bourse suspendue autrefois à la ceinture.

Gabriel se demandait comment il allait pouvoir gagner quelques piécettes lorsque, au centre de la place, Amapola parut. Son jupon rouge dansait toujours. Un mouchoir bariolé retenait sa chevelure. À son bras était passée l'anse d'un panier débordant de lilas. Gabriel courut à sa rencontre.

— Dis donc, ma belle, où tu as trouvé ces fleurs ?

— Ça t'intéresse, petit démon ?

— Tu les as cueillies sans doute sur tes terres.

— Exactement.

Tous deux partirent d'un grand éclat de rire. Il se trouvait dans les faubourgs tant de jardins enclos de murs d'où dépassaient tant de bosquets fleuris qu'il n'y avait qu'à avancer la main sans même parfois se hausser sur la pointe des pieds.

— Il faut bien que les gens de Paris s'aperçoivent que le printemps est arrivé, dit Amapola sans donner plus d'explications sur l'origine de sa cueillette.

Et elle esquissa un pas de fandango[1], le panier au-dessus de la tête, les bras en arceaux et le menton pointé.

1. Danse espagnole.

Une grappe de lilas tomba à ses pieds. Aussitôt, un jeune galant, gentilhomme à n'en pas douter, se pencha et la ramassa. Il fit mine de la rendre, mais très vite la porta à son visage. D'un geste impertinent, il s'en caressa la moustache.

— Elle est à moi, affirma-t-il en découvrant des dents blanches comme pour dévorer la fleur.

— Si vous l'achetez.

— Elle est donc à vendre ?

— Avec les autres qui sont là.

— Et combien me coûtera-t-elle ?

— À vous d'en fixer le prix.

Elle le provoquait tout en se tenant prête à s'esquiver lorsque l'inconnu se montrerait trop intrépide. Elle jouait de la prunelle, de la gaieté de sa jeunesse, et lui ne demanda pas plus qu'un instant de fanfaronnade enjôleuse. Il tira de sa bourse une pièce de dix sols qu'elle attrapa à la volée.

— Bien le merci, mon beau seigneur !

— Je vois que tu te débrouilles bien toute seule, dit Gabriel avec de la gouaille dans la voix.

Elle sentit que, sous le ton moqueur, le garçon cachait une incertitude. Elle en fut touchée.

— À midi, quand les cloches de Notre-Dame sonneront, viens me retrouver. J'aurai sûrement du pain et peut-être quelque chose à mettre dessus.

— Peut-être que moi aussi, j'aurai de quoi acheter trois pommes. Nous nous offrirons un bon déjeuner.

Elle lui ébouriffa les cheveux afin de lui arracher un sourire et il en fut rasséréné. Le désespoir ne durait jamais longtemps chez Gabriel. Si la lutte pour la vie était âpre et les rivalités souvent exacerbées parmi les saltimbanques du Pont-Neuf, un compagnonnage existait aussi, une solidarité de nécessiteux insouciants qui partageaient dans la bonne humeur ce que le jour leur apportait.

— Amapola, demanda Gabriel brusquement, tu connais cet homme qui vend des petits sacs et des pots de je ne sais pas quoi ?

— C'est le marchand d'orviétan. Il est arrivé d'Italie avec des remèdes qui soignent toutes les maladies et qui font même des miracles.

— Il le dit !

— N'est-ce pas suffisant ?

Elle partit, dans un parfum de lilas et le balancement de son jupon rouge. La première branche vendue était un début encourageant. Et, parce que Amapola était belle, et jeune, et gaie de nature avec pourtant une gravité acquise aux aspérités de la vie, elle ne se décourageait jamais.

Gabriel s'approcha de l'homme qui avait revêtu maintenant une longue robe noire et s'était coiffé d'un chapeau pointu à grosse boucle, comme en portaient les médecins de la ville. Il affichait une mine froide, impénétrable. Il aurait pu ainsi éloigner les badauds attirés par les boniments débridés des autres vendeurs d'excentriques merveilles. Il avait aussi l'œil sombre et le geste retenu, alors qu'autour de lui ce n'étaient que cabrioles et appels du pied, petits singes agités et chèvres frappant du sabot. Le chaland se laissait prendre à son attitude distante. Les sachets et les pots précautionneusement fermés y gagnaient en mystère. On les regardait d'un air intrigué. On essayait de capter des odeurs, on espérait des guérisons en évaluant la dépense. L'espoir était proportionnel aux douleurs de la goutte qui rongeait les orteils, aux tourments qui bouleversaient des ventres, aux migraines tenaces et aux frissons de fièvre annonciateurs de maux plus redoutables encore.

[...]

Ouvrage composé par
Francisco Compo - 61290 Longny-au-Perche

Cet ouvrage a été imprimé en France par

BUSSIÈRE

à Saint-Amand-Montrond (Cher)
en septembre 2012

N° d'impression : 122769
Dépôt légal : mars 2011.
Suite du premier tirage : septembre 2012.

MIXTE
Papier issu de
sources responsables
FSC® C003309

Pocket Jeunesse, une marque d'Univers Poche,
est un éditeur qui s'engage pour
la préservation de son environnement
et qui utilise du papier fabriqué à partir
de bois provenant de forêts gérées
de manière responsable.

www.pocketjeunesse.fr
POCKET JEUNESSE

12, avenue d'Italie – 75627 PARIS Cedex 13